Nous nous Retrouverons:

Roman d'Amour Contemporain en Français

<u>**Tears of love**</u>

"Si vous ne vous souvenez pas de la moindre folie dans laquelle l'amour vous a fait tomber, vous n'avez pas aimé. -William Shakespeare

Index

Avant-propos

Comment oublier ces étés de 1994, quand James, 13 ans, et moi, 10 ans, jouions dans les eaux près des marais de Houma en Louisiane. C'était mon petit village natal, bien que pas le sien, car il venait chaque été en vacances avec son arrière-grand-père qui y vivait ; M. Sam Marshall Ford, l'une des personnes les plus riches des États-Unis en son temps. Son arrière-grand-père vivait dans un manoir à l'extérieur de la petite ville, immergé dans la forêt et entouré de beaux jardins, un peu hors de contraste avec la classe basse du lieu. La mère de James lui a toujours interdit de sortir pour rencontrer et jouer avec des garçons de son âge, car personne n'était de sa position économique là-bas. Il sortait toujours accompagné de ses deux « baby-sitters » partout et cela le dérangeait toujours.

Je l'ai rencontré fortuitement un vendredi d'août 1993 à l'extérieur de l'école secondaire Oaklawn Middle School et tout cela parce que je ne faisais pas attention en traversant la rue. Sa voiture de luxe conduite par l'un de ses serviteurs m'a presque percutée. Comment oublier cette scène, la voiture a d'abord descendu deux hommes très bien habillés, puis le petit homme élégamment vêtu est sorti ensuite ; très beau, je dois l'admettre. Les deux hommes adultes se sont approchés d'abord et m'ont demandé si j'allais bien, j'étais évidemment par terre et effrayée d'avoir failli mourir là-bas, mais je me suis vite relevée à cause des regards de mes camarades de première année de collège, et je me souviens avoir dit : « que j'allais bien, que c'était de ma faute ».

Avant de partir, le beau garçon a demandé avec une voix typique des millionnaires, quelque peu arrogant, mais avec une touche d'honnêteté : « si tu le souhaites, tu peux venir à la maison, celle qui se trouve en haut de la forêt ». Je ne me souviens pas exactement de ma réponse, mais pour me débarrasser de son regard qui me faisait devenir nerveuse, je pense que j'ai dit « oui » et il m'a dit qu'ils me ramèneraient chez moi ce jour-là, ce à quoi j'ai consenti. Le reste appartient à l'histoire.

Les quelques étés que nous avons passés ensemble en tant qu'amis avec James en 1994, je dois avouer que je suis tombée amoureuse de lui. Il était si beau, il avait quelque chose d'irrésistible qui me faisait ressentir des papillons dans mon estomac. Mais je ne lui ai jamais avoué mon amour, je ne sais pas, j'ai toujours eu peur qu'il me dise que je suis moche ou qu'il me rejette. Il avait presque 14 ans et j'avais presque 11 ans, mais j'en paraissais 8. Nous avons toujours plaisanté, mais au fond de moi, j'étais jalouse quand il me parlait des filles de son école à New York qui lui plaisaient. Moi qui pouvait espérer grandir à Houma et me marier, comme la plupart des filles. Je n'avais pas grand-chose à offrir, en plus je n'étais pas si jolie pour lui dire "veux-tu être mon petit ami ?", mais il a toujours été gentil avec moi et a été mon seul ami.

James m'a toujours traitée comme sa petite amie, ce que j'ai honnêtement détesté, je voulais qu'il ressente la même chose que moi ; de l'amour. Cet été 1994 a été le dernier où je l'ai vu, son arrière-grand-père est mort et il n'est jamais revenu, cela m'a fait mal au cœur, et j'ai toujours pensé qu'il n'avait jamais pris notre amitié au sérieux. À mes 16 ans, il aurait dû être majeur et venir me chercher

: mais il ne l'a jamais fait. À 18 ans, je déménageais à New York, car ma mère était décédée deux ans auparavant et je n'avais rien à faire dans cette ville. Ma seule parente était une tante dans le sud du Bronx à New York. L'idée de suivre des études et de devenir quelqu'un dans la vie comme ma mère me l'avait toujours dit m'excitait toujours. Mais à 18 ans, tout s'est effondré, mes rêves ont été brisés, j'ai dû travailler sinon je ne mangeais pas. Ma tante m'a toujours maltraitée, peut-être à cause de son âge avancé et de ses problèmes de santé, mais je lui suis quand même reconnaissante pour ces années de logement..

Les années ont passé loin de Houma, je n'étais plus une adolescente, j'étais devenue une femme. J'avais 24 ans quand j'ai rencontré Louis, mon premier petit ami, un peu tardivement, mais il est arrivé, il avait 28 ans et nous sommes devenus de très bons amis. Ensuite, la relation a évolué et je me suis mariée avec lui en 2006. J'ai continué à vivre dans le quartier le plus dangereux de New York, le Bronx, avec tout ce que cela implique ; nous ne pouvions pas aspirer à mieux. J'ai vécu avec Louis pendant deux ans avant de décider d'avoir un bébé et à la fin du mois d'août, j'ai été enceinte, mais le malheur nous a frappés un matin... Alors que j'étais enceinte de six mois, un officier est venu à l'hôpital où je travaillais à la blanchisserie pour me donner la triste nouvelle : mon cher Louis était décédé des suites d'un accident survenu à l'atelier mécanique Scooter où il travaillait. Un ascenseur hydraulique lui était tombé dessus et l'avait tué. C'était terrible... J'ai passé cette fin d'année seule avec mon bébé dans mon ventre et en pleurant, c'était l'un des moments les plus solitaires de ma vie, comparable à quand j'ai perdu ma mère. Je n'ai jamais connu mon père, donc je ne peux pas en dire beaucoup. Bien que Louis n'ait pas été l'amour de ma vie, je l'ai beaucoup aimé et sa perte m'a fait très mal. Il a toujours été gentil avec moi et il était celui qui était là pour me soutenir quand je n'avais rien. J'ai toujours dit que le premier amour est insurmontable, c'est celui qui vous fait sentir des picotements, celui pour lequel vous ressentez cette inexplicable attirance, même si peu de gens finissent par vivre ensemble.

J'ai démissionné de mon travail à l'hôpital car il m'était impossible de payer les frais de transport en raison de la distance. Je n'ai pas non plus pu continuer à payer le loyer de plus de 1000 dollars que nous nous permettions habituellement. J'ai donc trouvé un logement avec le strict minimum dans la partie la plus dangereuse au sud du Bronx, car je ne pouvais pas me permettre plus. Je n'avais pas d'études pour quelque chose de mieux et en attendant un bébé, c'était impossible. J'ai donc trouvé un emploi mal payé dans un buffet de cuisine italienne à Arthur Avenue et Belmont, le Little Italy du Bronx.

Avec cinq mois de grossesse et des douleurs cumulées à un travail exigeant en tant que serveuse, je rentrais chez moi épuisée et le moral à zéro. Chaque matin était une bataille à surmonter, mais je le faisais pour mon bébé, ce n'était plus une question de moi, c'était pour elle. À ce stade de ma vie, je voulais juste avoir ma fille et déménager dans un autre État ou une autre ville moins chère. Je dois avouer que New York est l'une des villes les plus chères pour une mère célibataire enceinte et sans études.

Mais le destin avait quelque chose de spécial en réserve pour Harriet. Basé sur une histoire vraie, avec une fin inattendue.

Chapitre 1

C'était un jour comme les autres pour Harriet au buffet Romanos de Little Avenue dans le Bronx. Harriet était assise, le regard perdu dans la rue, il n'y avait pas beaucoup de clients, elle avait donc le luxe de réfléchir, sans pour autant négliger les quelques convives disséminés dans le petit local. Le bruit des cuisiniers derrière lui correspondait à l'atmosphère. Cela ne fait pas plus de quatre mois qu'il travaille dans l'équipe de l'après-midi, car le matin, il travaille dans un café. C'est son ami Thomas, célibataire de 45 ans et cuisinier, qui lui avait trouvé ce travail. Et il l'avait accepté parce qu'il habitait près de chez lui, dans le sud du Bronx, et qu'il était évidemment plus sûr de prendre le bus de 23 heures en compagnie.

À 22h35, la porte s'ouvrit, son regard se détourna vers l'élégant et beau monsieur qui passait entre les tables et les regards, mais au fond, c'était une "mauvaise" chose pour elle car il était presque temps de finir son service, et devoir s'occuper d'un autre client et attendre qu'il finisse était assez inconfortable. Cependant, en le regardant avec méfiance, il était un peu étrange que ce beau gars, si bien habillé de la tête aux pieds, arrive dans un endroit comme celui-ci, un endroit bas de gamme, exclusif pour les travailleurs. À vrai dire, il n'était pas très courant de voir quelqu'un comme ça à cette heure-là, et d'autant plus qu'il avait l'air un peu amer pour un si jeune homme, peut-être 31 ans. Il passa devant elle et atteignit le comptoir où se trouvaient les tabourets, et pendant quelques instants elle resta figée, puis, comme c'était son devoir, elle se leva et alla le servir au bar.

Quand elle le regarda en face, elle fronça les sourcils, ce n'était pas un habitué, mais il lui était trop familier, peut-être par la mémoire, mais il n'y avait pas le temps pour cela.

- Puis-je vous aider ? - demande-t-elle d'une voix faible.

L'homme fait semblant de ne pas entendre et prend un petit dessert sur le bar devant lui.

L'espace d'un instant, elle aurait aimé aller travailler ce jour-là en étant superbe et bien coiffée, car elle avait l'air affreuse, avec des cheveux cassants et une féminité nulle, rien à voir avec la Harriet d'il y a douze mois. Le fait est que cet homme était le fantasme de n'importe qui, mais ce n'était pas quelque chose qu'il voulait, je veux dire, à cause de son visage marqué par la rage. Malgré cette journée épuisante, Harriet voulut, par curiosité, savoir qui était ce type qui avait quelque chose qu'elle ne pouvait s'empêcher de regarder. Comme l'homme l'ignorait, elle continua son travail. Quelques minutes plus tard, alors qu'elle nettoyait quelques tables dans le dos de l'homme, son esprit s'est mis à vagabonder et elle s'est souvenue de l'identité de ce monsieur sexy en cravate et costume de millionnaire. C'était le même : James Marshall, son "ami" de préadolescence, le plus beau selon elle, celui-là même qu'elle avait rencontré à Houma.

- Je suppose que ce n'est pas un endroit pour boire de l'alcool... mais ça ne ferait pas de mal de prendre un café fort, madame", dit-il en jetant un coup d'œil autour de l'endroit vide et en dégustant une pâtisserie vers 22h50.

Harriet était un peu pressée parce qu'elle était sur le point de fermer l'établissement et souhaitait que son ami d'enfance s'en aille et en même temps qu'il ne s'en aille pas. - Je vais le prendre maintenant", murmura-t-elle.

Avec un sourire indulgent, elle se dirigea vers la cuisine, mais au fond d'elle-même, furieuse d'être appelée madame, et pire encore avec un regard d'indifférence, et aucun signe d'au moins un regard d'attirance de sa part.

Tout en préparant la boisson, elle se dit : "Toutes ces années ont fait de James Marshall l'homme le plus sexy du monde et de moi la plus hideuse. Mais ce qui l'agaçait le plus, c'est qu'il ne la reconnaissait pas. Il était toujours aussi indifférent que lorsqu'elle était jeune, et ne lui montrait jamais aucun signe d'attirance. Pire, il n'essayait même pas de se souvenir d'elle. Lorsqu'il est revenu chercher le café, il a failli le renverser volontairement, ce qui a provoqué la colère de James.

- Je vois que la grossesse rend les femmes grincheuses", marmonne-t-elle en jetant un coup d'œil à son ventre gonflé.

Elle a pris un air sinistre et a répondu :

- C'était une erreur de ma part, mais cela ne lui donne pas non plus le droit de faire ce genre de commentaire.

Avec des yeux malicieux, il répondit : "J'ai beaucoup d'expérience avec les serveuses, et je sais que c'était fait exprès, ce n'était pas très gentil, enfin bref, passons.

- Y a-t-il autre chose ? - ajoute Harriet.

- Une pâtisserie aux raisins.

Harriet en avait la chair de poule, car lorsqu'elle était enfant, c'était le dessert préféré de James en dehors du manoir, et c'est le même goût qu'elle avait appris à apprécier au fil des ans.

Quelques minutes plus tard, elle le lui apporte.

- Cela ne ressemble pas au gâteau que mon arrière-grand-père avait l'habitude de me faire", commente-t-il vaguement. - Mais c'est bon.

Chapitre 2

Harriet a hoché la tête d'un air indifférent.

Le visage de James montrait que la vie l'avait très, très bien traité, il paraissait même plus jeune qu'Harriet, manifestement, il n'avait pas eu à travailler sept jours sur sept ou à endurer des situations économiques précaires.

Harriet lui servit une autre tranche. Il était déjà 23 heures, la plupart d'entre eux s'en allaient déjà... elle était quelque peu excitée à l'idée de le revoir, mais d'un autre côté, elle était épuisée par la grossesse ; elle voulait partir, mais elle devait attendre, c'était la règle du jeu. Elle débarrassait quelques tables à l'arrière lorsqu'elle termina la dernière gorgée de café, James se retourna et dit avec ironie :

- Tu devrais venir t'asseoir, ce n'est pas bon d'en faire trop avec le travail, je dis ça à cause de ta grossesse, un mari ne devrait pas laisser sa reine dans cet état travailler comme ça, il y a généralement des fausses couches à cause de ça. Et encore plus à près de midi. - puis elle s'est retournée et a fini le reste du plat.

Elle n'a pas répondu et James a donc reposé la question :

- Désolé d'avoir été impoli, mais je vois que vous n'êtes pas marié, n'est-ce pas ? Je veux dire, vous ne portez pas d'anneau, et qui diable laisse sa femme travailler comme ça.

Harriet est surprise par ce commentaire brutal. Tout en écoutant "indifférent", elle finit d'accrocher son tablier au portemanteau. Et en même temps, elle se sentait mal à l'aise et rougissait de son regard perçant qui la regardait de profil.

- Je ne suis pas mariée", répond-elle avec un certain regret.

Soudain, Thomas, le seul cuisinier restant, crie à Harriet depuis la cuisine.

- Dans 15 minutes, nous fermerons, mon ami.

Elle était un peu anxieuse, elle voulait d'une manière ou d'une autre lui dire qu'elle n'était pas mariée, que son mari était décédé depuis peu, mais, tout compte fait, elle pensait que cela ne le regardait pas. Elle était en train de fermer la boîte quand elle a levé les yeux et s'est rendu compte que le monsieur la regardait et elle s'est sentie mourir à l'intérieur. Elle était un peu gênée, pas à l'extrême, mais comme il s'agissait de l'amour de sa vie, elle est devenue comme une tomate. Mais, par fierté féminine, elle ne baissa pas les yeux et continua à le regarder : "Comment est-il possible qu'il ne se souvienne pas de moi, ai-je l'air si horrible que même une partie de moi ne s'en souvient pas ? cria-t-elle dans son esprit.

D'une certaine manière, il détestait qu'elle ait passé tant d'années la nuit à créer des moments romantiques avec lui dans ses rêves, et qu'il ne se souvienne même pas d'elle. Mais, à sa grande surprise, il lui dit soudain :

- Vous me semblez familier, je ne me souviens pas du nom du village, mmm....

Elle l'interrompt et dit en hésitant :

- Dix, quinze ans, je ne sais pas combien d'années se sont écoulées, mais si vous êtes James Marshall, vous souvenez-vous de nos promenades dans le marais, dans le manoir de montagne, dans les bois à Houma ?

Il fit une grimace de surprise et fronça les sourcils en levant les yeux pour essayer de se souvenir, certain qu'il ne se souvenait pas de tant d'endroits qu'il avait appréciés.

- Je l'avais oublié..., ce qui s'est passé, c'est que j'ai passé mes vacances dans tant d'endroits, et j'ai oublié ce village.

- Son regard se pose alors sur elle et il s'exclame :

- L'enfant Harry, comment pourrais-je ne pas me souvenir de ton visage couvert de taches de rousseur... ! Maintenant que je te vois mieux Harriet Brown, tu sembles avoir perdu quelques taches de rousseur.

Harriet regarde la boîte en fermant quelques compartiments et, dans l'instant, elle imagine que les rêves de James seront peut-être les siens.

Puis elle a réfuté, en essayant de paraître sûre d'elle - et que fait le petit James Marshall au milieu de la nuit dans un endroit pour mercenaires, et avec un visage de peu d'amis ? Je veux dire, vous n'aimiez pas ces endroits, autant que je m'en souvienne.

- C'est une longue histoire, mais tu m'as vraiment surpris, Harriet, en travaillant enceinte au milieu de la nuit, tu ne crois pas ?

- Nous ne sommes pas tous nés dans un berceau d'or, James", a-t-il répondu avec sarcasme.

- Et le mari ? - commente-t-elle en s'essuyant les lèvres avec une serviette.

Nerveuse, elle jette quelques pièces par terre et se prépare à lui raconter sa vie, mais avant qu'elle n'ait pu élever la voix, James lui dit d'un ton étrange - laissez-moi deviner ; vous êtes célibataire, vous avez de la chance, vous ne voudriez pas vous marier ?

- Qu'est-ce qu'il y a ? - dit-elle, un peu perdue dans la conversation.

- Ne pensez-vous pas qu'il est bon pour chaque bébé d'avoir une sécurité et un nom de famille ? dit-elle en lui passant de l'eau.

- Ce n'est pas près d'arriver", a-t-elle répondu avec une certaine conviction.

Il se lève et lui fait face de l'autre côté de la boîte.

Elle commente avec un peu d'insécurité et de mélancolie - écoute James, je ne veux pas te raconter ma vie, nous étions amis, mais c'est du passé, et je ne pense pas que tu aies le droit de me poser des questions maintenant... Je suis désolée, mais c'était quand même vraiment bien de te voir après je ne sais pas, plus d'une décennie, je pense. C'est bon de revoir de vieux amis parfois. Mais si vous avez fini, je pense que nous allons conclure maintenant. - dit-il en allant chercher la tasse et la soucoupe au bar et en l'apportant à la cuisine. Thomas, le cuisinier, était déjà dehors en train de fumer une cigarette, prêt à fermer la boutique. James a sorti deux billets de 100 dollars et les a posés sur le comptoir.

- Il ne s'agit que de 20 dlls James, vous n'avez pas besoin de payer plus.

- Tenez-les pour vous", a-t-il déclaré.

- Mais je ne peux pas les accepter.

- Ne vous inquiétez pas, c'est un cadeau.

Lorsque Harriet les prit enfin, il lui prit la main et lui demanda : "Voulez-vous que je vous ramène chez vous ? Il est dangereux à cette heure-ci, ne pensez-vous pas, de sortir et de se promener ?

Elle ressentit une poussée d'adrénaline et un feu dans l'estomac, et pendant quelques secondes, elle resta sans voix, ne sachant que dire alors que son regard était à quelques centimètres du sien. Il la provoquait tant, même après plus de quinze ans. -Elle retira sa main, un peu perturbée par le frisson que lui procurait la sensation de sa peau. Elle sentait qu'il préparait quelque chose, car lui proposer une chose pareille maintenant qu'elle avait l'air si peu digne d'une femme était inhabituel.

- Si vous n'acceptez pas mon offre, laissez-moi vous faire une proposition, je pense que j'ai de la chance si vous l'acceptez. J'ai beaucoup cherché et je n'ai pas trouvé de candidat parfait.

Harriet acquiesce d'un air incrédule.

- Un accord avec moi, de quoi parlez-vous ?

Chapitre 3

- Je vois que vous allez bientôt accoucher, et sans travail je ne pense pas que ce sera facile, n'aimeriez-vous pas être avec le bébé toute la journée et sans avoir à travailler, et ne pas avoir à vous soucier des dépenses ?

Elle ne l'a pas laissé terminer et l'a interrogé en plaisantant, tout en s'efforçant de ne pas rougir :

- Quelle banque allons-nous attaquer ?

- Il a dit sans réfléchir, - d'être Harriet Marshall, c'est-à-dire de m'épouser.

- En bégayant, il se moque : "T'épouser ? Tu te moques de moi ? Tu es encore en train de faire tes farces d'adolescente.

Il a dit catégoriquement - je ne plaisante pas, je suis sérieux, je n'ai pas l'habitude de plaisanter sur ce genre de choses.

Même si, à la réflexion, Harriet ne ressemblait plus du tout au James immature d'autrefois, il avait maintenant l'air tout à fait mature à tous points de vue, mais cela semblait quelque peu déplacé, elle voulait y croire d'une certaine manière, mais elle avait un pressentiment au plus profond d'elle-même. Mais, s'il n'était pas drogué ou ivre, c'était probablement une blague, alors il pensa qu'il valait mieux s'en accommoder, si c'était une blague, et ne pas se faire d'illusions inconsidérées.

Puis il a immédiatement révélé :

- Il ne s'agit pas d'amour... vous avez sûrement remarqué la colère sur mon visage, eh bien oui, je suis sur une lancée, je vous dirai pourquoi plus tard. Alors qu'est-ce que tu en dis, tu acceptes mon marché ? Ecoutez, vous n'aurez à vous soucier de rien pendant les 7 mois qui suivront votre accouchement. A partir de maintenant, si tu acceptes mon offre. Tu auras de l'argent et tout ce que tu veux, tout ce que tu as à faire c'est d'accepter.

- Je ne sais pas James, nous avons cessé de nous voir pendant si longtemps et toi, je ne sais pas si tu as changé, et c'est plus un petit jeu à toi d'après ce que je vois. Et s'il ne s'agit pas d'amour, comme tu le dis évidemment, quel rôle jouerais-je dans le mariage ? - Elle a dit, un peu résignée, qu'en raison de son état, il était impossible pour lui de la voir vraiment laide et en surpoids comme elle le pensait.

- Pourquoi moi James ? - réfuté - qu'est-ce que j'ai de si spécial, tes cercles de millionnaires ne sont-ils pas assez nombreux pour trouver une fausse femme, ou as-tu besoin d'un cobaye ? Je ne comprends pas.

- Tu es exactement comme le petit Harry, lui assura-t-elle, écoute, si tu m'épouses, je n'aurai pas à me débrouiller toute seule s'ils choisissent pour moi. Et je crois que j'ai touché le gros lot en passant ici - je revenais d'un bar, je suis passée par hasard, je n'ai pas hésité, et par le hasard de la vie je t'ai rencontré - et je n'ai pas réfléchi, je t'ai choisi.

- James, mais cela fait trop d'années pour que tu me fasses à nouveau confiance, je veux dire, même si c'était un mariage blanc, je ne connais toujours pas tes motivations.

- Je vous ai très bien connue en 1994, Harriet, et les femmes comme vous ne changent jamais, elles sont indéniables.

Elle rougit et baisse les yeux en joignant les mains nerveusement.

- J'ai appris à New York que ta mère était morte et je t'ai cherchée, mais tu avais déjà quitté Houma, je suis désolée.

Elle ne dit rien et reste pensive sur tous les moments du passé auxquels elle s'accroche.

- Mais ne t'inquiète pas, Harriet, tu n'as pas besoin de savoir pourquoi, seulement que je suis pressé de me marier, et tu me connais : je ne te ferais jamais de mal, et tu y gagnerais, tu ne travaillerais pas pendant un an, tout serait à ma charge.

- Donnez-moi un jour pour y réfléchir", dit-elle, alors qu'au fond d'elle-même, elle était terrifiée par sa décision, mais si c'était vrai, c'était quelque chose qui tomberait comme une manne du ciel, étant donné les circonstances qu'elle traversait.

- Je pense que c'est parfait, si vous le dites, ça ira, ce sera une bonne nouvelle, je pense, quand je l'annoncerai à ma mère", murmure-t-il pour lui-même. - Demain, je serai là à la même heure, réfléchis-y, c'est peut-être la meilleure décision que tu puisses prendre, Harriet, tu n'aurais pas à veiller toute la nuit, et le mieux, c'est que tu puisses profiter de ton bébé.

"De ce point de vue, son offre ne semble pas si mauvaise", se dit-elle, "ne pas travailler pendant des mois et ne pas payer de loyer, quel beau rêve !

- D'accord, je t'attendrai demain", dit-elle en éteignant les lumières et en s'apprêtant à partir.

Ils partent tous les deux ensemble, lui les précédant jusqu'à sa voiture de luxe, une Mercedes dernier modèle.

- Pensez-y, mon ami, ce serait formidable de vous aider et que vous m'aidiez.

Elle acquiesce, pensant que c'est le jeu de James, et part avec son ami Thomas, qui l'attend sur le chemin de l'avenue où ils attendent un taxi ou un camion en direction du South Bronx.

Et qui était ce beau gosse qui ressemblait à un acteur de cinéma ? - demande Thomas en regardant la voiture qui disparaît au loin.

Chapitre 4

- Un vieil ami", répond-elle, le regard perdu dans les voitures qui descendent l'avenue à toute allure. - Il s'appelle James Marshall, je l'ai connu dans ma jeunesse.

- Quoi ? Tu es encore jeune, mon vieux.

- N'essaie pas de me réconforter Thomas, tu sais très bien que j'ai l'air d'avoir quarante ans avec ce ballon dans le ventre.

- Pourquoi ne m'as-tu jamais parlé de lui ?

- Je ne pense pas que ce soit important.

- Et que faisait ce millionnaire ici ?

- Vous ne croirez pas ce que je vais vous dire, mais, pour une raison étrange que même moi je ne connais pas encore, je veux dire, s'il ne plaisante pas, bien qu'il le pense très sérieusement, il veut que je l'épouse.

- Eh bien, je ne sais pas quoi te dire, mais si tu le connais déjà, c'est un point en ta faveur, et en plus, si c'est vrai, bien qu'il n'explique toujours pas pourquoi, n'importe quelle femme avec ce type partirait sans réfléchir, et en plus, il te paierait pour ce que tu me dis... tu as touché le jackpot !

- Oui, mais...

- Et s'il t'aime vraiment.

- Ne dis pas de bêtises Thomas, tu l'as vu ? Il est magnifique ! Il ne regarderait jamais quelqu'un comme moi.

- Pourquoi pas, vous êtes belle.

Elle rit en le serrant dans ses bras.

- Il s'agissait probablement d'une plaisanterie.

- Les hommes ne plaisantent jamais à ce sujet entre amis.

- Je sais, mais le connaissant, je pense que c'était une blague, je suis sûr qu'il ne viendra pas demain comme il me l'a dit. En plus, si c'était vrai, il est millionnaire, tu sais ? Millionnaire, il peut avoir n'importe quel mannequin dans le monde et le payer, même si c'est faux.

Mais l'aimez-vous ou non ?

Elle resta silencieuse pendant quelques secondes, sa peau se hérissant d'émotions contradictoires comme lorsqu'elle était une petite fille.

- Il y a de nombreuses années, il était l'amour de ma vie, mais nous étions adolescents, c'est fini... en plus, ma chance s'est envolée quand je me suis mariée et regardez-moi, je suis tombée enceinte, aucun homme ne veut l'enfant d'un autre homme, enfin c'est ce que ma grand-mère me disait.

- Eh bien, les fois où je t'ai regardée avec ton mari Louis, tu me pardonneras, mais je ne t'ai jamais vue amoureuse... pardonne-moi, mais...

Elle fait semblant de ne pas entendre et fait signe : "Allez Thomas, voilà notre camion".

Harriet se rend compte que son ami Thomas a raison. Bien qu'elle aime beaucoup son mari, elle a toujours eu l'impression qu'il manquait quelque chose, qu'il y avait un vide dans leur relation. Peut-être que ce qu'on appelle l'amour était vraiment ce qui manquait. Parfois, les baisers et les marques d'affection ne sont pas de l'amour, mais simplement de la gratitude.

- Réfléchis bien", lui dit son ami, "ces occasions ne se présentent qu'une fois.

Ils montèrent ensuite à l'étage et, en chemin, n'en parlèrent plus.

Chapitre 5

Pendant ce temps, James descendait à toute allure l'East Side Avenue en direction de son manoir de Tribeca, le quartier le plus huppé de Manhattan, maudissant son grand-père de lui avoir causé tant d'ennuis et d'avoir voulu qu'il vive comme il l'avait fait dans sa jeunesse : choisir une femme pour recevoir son empire commercial de plus de 200 milliards de dollars. Il espère qu'Harriet acceptera. Ce qui le dérangeait, c'est que sa mère avait déjà un candidat qui ne voudrait probablement que ses millions. Mais le petit jeu de sa mère ne portera pas ses fruits, car elle lui annoncera bientôt qu'elle va épouser une serveuse de buffet.

Au feu rouge, James se demande ce qu'a été la vie d'Harriet au cours des 15 dernières années. Parce qu'enceinte à 26 ans et sans homme à ses côtés, il était plus qu'évident qu'elle avait échoué et qu'elle avait été abandonnée. De toute évidence, elle ne connaissait pas le fond de l'histoire. Elle arrive à l'hôtel particulier de son grand-père près de Tribeca, à un pâté de maisons de sa résidence, mais l'un des détenteurs des clés lui apprend qu'il est sorti avec sa mère et son ancienne fiancée, Mlle Juliette Braker, un mannequin en or très connu dans la région.

Tôt le matin, Harriet s'est levée, non pas pour aller travailler le matin, mais pour se faire belle en vue de son second travail l'après-midi. Elle n'aurait pas le luxe de se refaire une beauté, alors elle s'est mis de l'aloe vera sur tout le corps et s'est préparée avec le meilleur maquillage pour le travail, un peu bizarre et excentrique, mais elle ne pouvait pas se permettre de s'embarrasser avec son "futur mari". Elle en fait un peu trop sur ses cernes sous les yeux et ses pommettes potelées, bien que son visage soit exotique et beau si on le regarde bien, une de ces beautés rares qui circulent. À une heure de l'après-midi, pour aller travailler, elle se regarda dans le miroir et se dit : "Mademoiselle, comment est-il possible que Jacques veuille vous épouser, même si c'est une question de mensonges et d'embarras ? Si c'est le cas, je suis flattée", murmure-t-elle en se retournant et en regardant son corps dodu. Au fond d'elle-même, elle n'était pas sûre d'accepter, mais quelque chose lui disait que c'était la meilleure option, pour que son bébé grandisse sans difficultés et qu'elle n'ait pas à souffrir excessivement, à cause de tant d'inquiétudes et de laisser son enfant à des étrangers qui ne la traiteraient pas bien.

Les heures passèrent au buffet de l'avenue Little Italy, et James n'apparaissait pas. Au fond d'elle-même, Harriet se sentait déçue, et une partie de son âme aurait aimé que tout cela soit vrai, mais elle savait qu'elle ne pouvait que rêver, car personne ne va réparer les rêves des autres, et cette proposition était trop incroyable pour être réelle. La seule solution à son avenir immédiat et sombre était de continuer comme avant, de continuer à travailler le matin et le soir.

Jeudi, une heure avant la fermeture du restaurant-bar, une luxueuse Roll Royce dernier modèle était garée juste devant le bar, et un homme à l'allure très élégante en descendait, puis il entrait et jetait un coup d'œil rapide à l'intérieur, qui, à sa grande surprise, était assez rempli. Il lui fallut quelques secondes pour trouver Harriet en train de s'installer à une table au fond. Elle le remarqua et faillit renverser un verre de thé sur l'un des clients. Sans la moindre politesse, il dit au milieu du client - hé, je peux vous dire un mot ?

Elle fit une grimace d'agacement et marmonna : " James, pas maintenant, j'ai assez de travail ". - Puis elle se précipita vers la cuisine sous les regards muets de certains convives, et il la suivit, donnant parfois l'impression d'être son assistant. A un moment donné, elle l'a remarqué et s'est retournée, et a failli le percuter en freinant, tandis qu'il l'arrêtait pour qu'elle ne tombe pas avec toutes ses assiettes et tout le reste. Elle rougit..., il remarqua la maigreur d'Harriet dans ses bras, et dit même : "Wow ! Je pensais que tu avais pris du poids, mais je vois que tu n'as que....

- James, tu vas me faire jouir, je suis très occupée, je ne joue pas à ça. - dit-elle un peu agacée, faisant semblant de ne pas avoir entendu ce qu'il disait.

- Excusez-moi, je veux juste...

- Ecoutez, je n'ai vraiment pas le temps, le nouveau directeur... il ne m'aime pas beaucoup, s'il me voit vous parler, je risque même d'être viré.

- Harriet, tu oublies qui je suis ? Je pourrais acheter toute cette avenue si je le voulais. Je suis venue parce que je veux parler de notre arrangement, de notre mariage. - dit-elle en souriant tendrement.

- Ah, j'oubliais", dit-il d'un ton satirique, "ton petit jeu, se dit-il.

- Asseyez-vous là, vous pouvez manger n'importe quoi, je vous apporte un thé glacé maintenant. - dit-elle avec indifférence en faisant des allers-retours entre les tables. Jacques n'eut d'autre choix que d'attendre vingt longues minutes en savourant à contrecœur des fraises et de la crème, tout en observant l'agitation et le travail acharné de son ami de longue date.

Certes la famille de James était au pied du mur, bien que le père de sa mère, Mr Hermes Marshall, était déjà quelque peu malade, mais il avait imposé à son unique petit-fils qu'avant d'en faire l'unique héritier et le président en charge de tout le conglomérat d'entreprises qui constituait le groupe Marshal, il devait respecter deux étapes : la première, se marier légalement et concevoir un enfant. Malheureusement James, à cause de sa nature de gigolo, se plier à cette règle était compliqué, mais à 31 ans il avait pris sa décision, mais il ne voulait pas épouser quelqu'un d'orgueilleux et de pédant qui ne voulait que son argent, alors la rencontre avec sa vieille amie Harriet était une panacée, de l'or en barre, car il la connaissait déjà et savait qu'elle n'était pas intéressée, bien qu'il ne ressentait pas non plus la moindre attirance physique à son égard. Il savait en tout cas que c'était le bon moment pour le faire, car, même s'il ne voulait pas se marier, il savait que son grand-père était déjà très malade et risquait de partir d'un jour à l'autre, et que toute l'immense fortune pour laquelle il avait travaillé si dur tomberait entre les mains d'inconnus qui ne sauraient pas comment la gérer. L'épouse idéale de sa mère pour James était la famille Launder, l'une des plus sociables de New York. Et bien que Julieth ait été celle qui convoitait les os de James, il ne l'accepta plus après avoir découvert qu'elle avait passé un accord avec son grand-père pour l'accompagner et l'amadouer, évidemment pour une somme raisonnable.

La vérité est que James était déjà un expert en affaires et que son compte contenait déjà plus de 50 millions, mais il ne le faisait pas tant pour l'argent que pour que l'entreprise ne passe pas aux mains de tiers, ce que son grand-père aurait fait s'il n'avait pas respecté ses ordres. C'est ce que son grand-père aurait fait s'il ne s'était pas conformé à ses ordres.

Une partie d'Harriet résistait, mais l'autre partie voulait accepter pour tous les avantages que cela apporterait et surtout pour la sécurité du bébé. James était décontracté ce jour-là, mais trop raffiné pour la majorité de ceux qui portaient un uniforme de facteur ou d'employé.

- J'aurais dû te demander ton numéro et te prévenir, mais je vais être honnête, je ne suis venu dans cette avenue que deux fois et je me suis perdu dans toutes les boutiques, j'espère que ma justification est valable. - a-t-il dit. Elle frotta ses beaux cheveux lisses avec un peu d'arrogance.

Elle ne l'avait pas remarqué la première fois, mais la façon dont il était habillé et la coiffure qu'il portait ce soir le rendaient si irrésistible que même les deux serveuses de l'établissement en bavaient. Le fait indéniable était qu'Harriet était sous le charme, elle ne pouvait pas bloquer ses sentiments pour James, et cela la rendait furieuse à l'intérieur.

- Je pensais que tu ne reviendrais jamais, et je pense que mon ami Thomas avait raison.

- A propos de quoi ? - s'exclame-t-il.

- Les hommes n'ont pas l'habitude de plaisanter sur les jeux de mariage avec leurs petites amies.

- C'est ça", dit-il en sortant un document de sa veste, le contrat de mariage. - Jetez-y un coup d'œil et dites-moi ce que vous n'aimez pas.

- Hé James, vraiment ? Je ne t'ai toujours pas dit que je me marie. Wow, c'est incroyable, il n'y a certainement pas de caméra qui m'enregistre", dit-elle avec incrédulité à l'époque, alors qu'elle se tourne vers l'extérieur du restaurant à travers la vitre.

- Bien sûr que non ! Mme Harriet.

- Ne m'appelez pas madame, vous me donnez l'impression d'avoir cinquante ans et je sais que je suis plus jeune que vous, mais j'aurais l'air d'être votre mère.

Ils ont ri tous les deux pendant quelques secondes, puis elle s'est arrêtée, stupéfaite, à un point du contrat prénuptial.

- Vous plaisantez sur le montant de l'accord.

-Ce que vous avez lu est correct.

- Mais c'est plus que ce que je gagnerais en une demi-année de travail et vous me le donnez pour un mois. Quelle folie !

- Ujum", acquiesce James passivement.

- Ok, James, d'après ce que j'ai compris, je vais t'épouser et je recevrai 10 000 $ par mois et... rien d'autre ? Je veux dire, juste signer le papier et c'est tout.

- C'est exact, Mademoiselle.

- Mais dites-moi, combien de temps dois-je être légalement lié à vous, combien de temps ?

- Je ne sais pas, tout ce qu'il faut.

- Pourquoi tant de secret, je n'aime pas ce genre de choses, dites-moi la raison de tant de mystère.

- Si vous le souhaitez, je vais vous dire quelque chose... vous connaissiez mon arrière-grand-père au moins de nom, n'est-ce pas ? Vous avez probablement entendu parler du consortium d'entreprises Marshall Refineries Energy.

Elle s'est figée en entendant cela : "Je savais que votre famille dirigeait une société d'énergie, mais je ne pensais pas qu'il possédait cette multinationale.

- En effet, ce consortium de plusieurs millions de dollars appartient à mon grand-père.

- Ce n'est pas possible", dit-elle, un peu abasourdie.

- Qu'y a-t-il, Harriet ? Ça va ?

- Un accident de la route avec un transport Marshall a tué un ami.

- Qu'est-ce qu'il y a ? - dit James en mettant ses mains sur son visage et en la regardant, choqué.

- Votre ami n'était pas Lucas, n'est-ce pas ?

Elle a été choquée par cette révélation - comment l'avez-vous su ?

- Je suis responsable de tout, même si je ne prends pas encore les décisions au sein du conseil. Je suis vraiment désolé, croyez-moi. Je dédommagerai votre famille, je sais que c'est la responsabilité du groupe Marshall. - dit-il en indiquant l'adresse que lui a donnée Harriet.

- Comme vous le savez, je dois me marier, c'est une règle de mon grand-père qui est déjà malade, et c'est le seul moyen pour que l'entreprise ne passe pas dans des mains privées, qui n'ont rien à voir avec notre famille.

Elle hocha la tête et cria que même certains convives se retournaient - D'accord, j'accepte. - Votre accord semble logique, mais je tiens à vous avertir : pas de jeux enfantins et pas de tricherie.

- Qu'en pensez-vous ? - s'exclame-t-il.

Harriet finit par accepter, d'une manière assez convaincante, et d'autant plus qu'ils seraient aussi, d'une certaine manière, responsables de leur chère amie.

- Quand tu dis "faisons le mariage", souligne Harriet, il sourit. Il la regarde fixement.

Immédiatement après le mariage, Harriet déménage à Seattle, dans l'État de Washington, dans un manoir au bord de l'eau appartenant à James, qui sera sa nouvelle maison entourée de magnifiques zones boisées dans lesquelles elle n'aurait jamais imaginé vivre.

Trois mois plus tard, Harriet portait dans son berceau la petite Fiorella, nom qu'elle avait donné à sa mère. Elle n'avait que quelques mois et était déjà méchante, elles venaient de faire une longue promenade dans les champs en regardant les cerisiers japonais en fleurs qui s'étalaient tout autour, alors le bébé était épuisé, elle avait beaucoup joué... puis elle l'a bercée et l'a mise dans le berceau, "Ne serait-ce pas bien si la vie était aussi facile pour nous, princesse", a-t-elle chuchoté depuis le canapé où elle était assise.

Alors qu'il terminait cette phrase, le bruit de la sonnette l'a alarmé, - "Pas là mon bébé, ils vont la réveiller" - s'est-il dit. Et aussitôt, elle passa du premier étage du manoir au rez-de-chaussée. Lorsqu'elle ouvrit la porte, elle resta stupéfaite pendant une seconde, ce qu'elle voulait le moins voir apparut devant ses yeux : son nouveau mari James Marshall,

- Toi ? - dit-elle d'une voix haletante.

- Boo, je suis un fantôme", plaisante-t-il en souriant d'une oreille à l'autre.

Ils ne s'étaient pas vus depuis leur mariage, soit environ trois mois et demi, ce qui signifie qu'Harriet vivait seule dans ce magnifique manoir en bord de mer, entouré de beaux jardins et d'une belle piscine, avec toutes les commodités possibles et imaginables. Sans oublier un chef cuisinier et deux femmes de chambre le soir et le matin. Le fait est que la mère de Jacques ne la connaissait pas encore et il était évident qu'elle n'aimait pas l'idée de la femme choisie par son fils. Car cela gâchait ses intentions. Malgré tout, les dix mille dollars parvinrent à Harriet à temps, ce qui la rendit heureuse.

- Merci pour les chocolats et le gros bouquet de tulipes, jeune James, le remercia-t-elle en essayant de ne pas rougir de nervosité. - Et ce sourire ? - dit-elle,

- Ecoutez, je ne suis pas ringard si c'est ce que vous pensez.

- Il est rare qu'un mari ne parle pas à sa femme, même par texto, en l'espace de trois mois et demi.

Il rit momentanément - Oui, vous avez raison, Mlle Sarcastique, surtout à propos de notre faux mariage.

- Elle sourit en le regardant dans ses yeux bleus.

- Même si notre mariage est faux, te voir ici, James, m'impressionne, que veux-tu ? Vas-y, c'est ton manoir.

- Et toi, où étais-tu ? Tu m'as intriguée", commenta-t-elle, "probablement avec les petites amies", ajouta-t-elle en ouvrant plus grand ses beaux yeux de miel derrière son dos et James s'avança dans le salon.

Il se retourne et lui jette un rapide coup d'œil de la tête aux pieds sur une robe rouge ajustée à la silhouette spectaculaire qu'elle arbore après cette grossesse qui l'a rendue grassouillette.

- Et vous, qu'avez-vous pensé de ma résidence ? Je vous ai dit qu'elle était belle, regardez cette mer qui s'étend à l'horizon, sûrement que le bébé aime se promener les matins ensoleillés.

Harriet a souri lorsque James a parlé de sa fille. - Bien sûr, Fiorella est fascinée, c'est pourquoi elle dort en ce moment. Et que dire de votre manoir, c'est comme vivre au paradis, c'est magnifique. Il ne se passe pas un jour sans que je voie la mer et les mouettes sur le sable. Et pardon, j'ai oublié de vous offrir quelque chose - dit-elle un peu nerveusement - je vais aller vous chercher du thé, rappelez-vous, je suis encore serveuse.

Chapitre 6

Il l'observe attentivement tandis qu'elle déambule dans le long couloir menant à la cuisine.

"Qui l'aurait cru, comme Harriet est devenue belle, rien à voir avec celle que j'ai **connue**" - pensa-t-il en enlevant son costume et en posant ses pieds sur la table du salon. C'est typique de lui. Harriet Marshall n'en revenait pas. Pendant un instant, elle a voulu que James s'en aille, parce qu'elle ne savait pas de quoi lui parler s'il restait toute la journée. - pensait-elle. Mais elle était aussi un peu nerveuse à l'idée de cette visite, car selon le contrat, il pouvait annuler le mariage et cela signifiait tout perdre à nouveau, mais elle se résignait au fait que le pire était passé, et que cela n'avait donc pas d'importance. Logiquement, elle n'avait pas fait grand-chose pour devenir la femme de Marshall, si ce n'est prononcer ses vœux à l'église : "J'accepte d'être la femme de James Marshall". C'est ridicule. Mais rester là à faire du thé n'était pas la solution, il fallait qu'elle sorte et qu'elle affronte ce qu'il fallait.

James somnolait dans le salon comme un adolescent sans la pose parfaite typique de quelqu'un qui a à peine confiance en lui, cela lui convenait. Elle s'est dit "oh mon Dieu" et s'est endormie en dix minutes, alors que je posais les tasses de thé sur une grande table en verre au milieu de la pièce.

Elle lui a chuchoté :

- James vous a apporté du thé.

- Il était comme un bébé complètement endormi, elle l'a regardé et a pensé : "Là, j'aimerais l'embrasser, mais une autre partie d'elle l'a réprimandée : "Qu'est-ce qui ne va pas chez toi Harriet ? ce n'est pas le moment de tomber amoureuse, cela n'existe pas, du moins pas de la manière dont je le pensais.

Elle ne voulait pas faire de bruit et le réveiller, il avait l'air si tendre et elle préférait s'installer devant l'autre fauteuil jusqu'à ce qu'il ait envie de se réveiller. Cela la rassurait un peu, car aucun homme porteur de mauvaises nouvelles ne s'endormirait. Là, devant lui, elle se souvint de ces deux étés, lorsqu'ils étaient adolescents et qu'ils avaient passé de nombreuses randonnées dans les bois et les marais de Houma, et des récits de leurs voyages que James lui racontait. Elle avait une boule dans la gorge à l'idée que le temps avait passé si vite et qu'elle ne l'avait jamais embrassé et n'avait jamais été sa petite amie. Il faisait partie de ces premiers amours dont on ne se remet jamais, et plus encore le courage de ne pas être son premier amour. Il y en a toujours un qui souffre et l'autre pas. Et voilà qu'elle se retrouve dans un cauchemar, alors que l'amour de sa vie était marié à elle, mais dans un mariage blanc et qu'à leur mariage, ils n'étaient même pas enfants de chœur, juste elle et lui dans l'immense église Saint-Patrick de New York.

Un long moment s'écoula et James commença enfin à se réveiller, encore somnolent. Devant lui, Harriet, sa "femme", était allongée sur le dos dans un fauteuil à l'arrière-plan. Pendant un instant, il voulut caresser le beau visage de cette fille et se souvint de sa meilleure amie à Houma, la petite Harriet. Elle se retourna et dit :

- Tu t'es réveillé, je crois que ton thé a refroidi.

- Je peux donc l'accepter", dit-il un peu endormi.

- Mais celui qui est dans la bouilloire a déjà refroidi. Comme tu as dormi pendant plus d'une heure, je pense que je vais devoir la réchauffer.

Elle prit la bouilloire et se dirigea vers la cuisine, et il la suivit en contemplant le beau corps d'Harriet dans la robe de soie rouge qui lui arrivait aux genoux.

- J'avais oublié que la maison n'était pas meublée et qu'il manquait des choses, ils n'auraient pas dû t'envoyer ici. Mais c'est propre comme je l'aime. Les meubles seront bientôt là", ajouta-t-il en se dirigeant vers la cuisine et en s'approchant d'Harriet qui faisait chauffer le thé. Elle se retira brusquement, ce que Jacques n'apprécia guère et qui se manifesta pendant quelques secondes sur son visage irritable.

- Chargé ou sans sucre ?

- Ce n'est pas du café. C'est du thé et je ne l'aime pas avec du sucre, ça fait vieillir plus vite", réfute-t-il.
- Et comment la vie d'Harriet s'est-elle déroulée ces derniers mois au bord de la mer ?

- Pas mal", sourit-il en faisant pivoter la théière.

- Je voulais venir plus tôt, mais il s'est passé des choses en Europe, au sujet de l'entreprise, et j'ai dû prendre l'avion, et le voyage a duré trop longtemps... Je pensais que tu étais encore à New York, j'ai donné l'ordre à mon assistante de t'emmener dans mon appartement à New York, et je n'aurais jamais imaginé te donner cette option. C'est pour cela que j'ai mis tant de temps à te joindre, tu n'es pas dupe, tu as choisi un de mes endroits préférés, le soleil, la mer et les belles sources.

- Il faisait plutôt froid dehors, et votre jeune assistante m'a donné plusieurs endroits à choisir, et j'ai opté pour ce... bel endroit. - murmura-t-elle, un peu gênée.

- Et les servantes ? Je ne les vois pas, je suppose qu'elles arrivent.

- Ne vous inquiétez pas, ils continuent à venir. Lucas, votre assistant, qui m'a amené ici il y a quelques mois, me les a présentés et ils m'ont beaucoup aidé, mais comme vous le savez bien, c'est ce que j'ai fait en tant que service, j'ai aussi participé.

Il sourit d'un air malicieux depuis l'endroit où il est appuyé contre une table en marbre.

Le fait est que Jacques commençait lentement à éprouver une immense curiosité pour Harriet, et qu'il n'avait jamais eu de tels sentiments pour elle auparavant.

- Je ne sais pas comment j'aurais fait sans votre aide, merci pour tout", dit-il en essayant de ne pas trop montrer ses sentiments.

- Oh, et autre chose, ta mère a envoyé une femme pour me dire de ne rien décorer dans ce manoir et de ne pas toucher au jardin, c'est pourquoi je n'ai posté qu'une photo de Fiorella dans la cuisine, j'espère que cela ne te dérange pas.

- Ne vous inquiétez pas Harriet, personne n'a à vous dire quoi que ce soit, cette maison est la mienne, alors pardonnez-moi si vous avez passé un mauvais moment.

- Mais ce n'est pas tout, il m'a menacée et je n'ai pas du tout aimé ça, je veux dire, je ne suis pas en position de me battre avec ta mère, il m'a dit que j'étais une poule mouillée et une chercheuse d'or et je ne sais pas combien d'autres choses. Que je préfère ne pas mentionner.

- Ne vous inquiétez pas, je lui parlerai. Je vois qu'il manque beaucoup de choses, demain j'enverrai l'équipe de déménageurs pour apporter tout ce qui manque pour quand je viendrai ici", a-t-il déclaré.

- Pas besoin, marmonna-t-il, c'est suffisant, je n'ai jamais vécu dans le luxe, cela me suffit, et puis Fiorella est un bébé, elle n'a pas besoin de grand-chose.

- Ah, j'ai oublié le bébé pendant une seconde", dit-il comme pour dire "putain, j'ai une fille", "je suis désolé Harriet, je n'ai pas pu venir d'Europe quand vous avez accouché, j'espère que vous m'excuserez". Et félicitations mademoiselle, même si c'est quatre mois plus tard.

- Tu n'as pas à le faire, c'est fini, j'accepte quand même tes félicitations", dit-il en la serrant un peu dans ses bras. - J'aimerais que vous la voyiez, mais maintenant le bébé rêve.

Il se frotte les cheveux et ajuste la cravate rouge qu'il porte, elle ne doute pas de ce qui lui passe par la tête et lui demande.

- Je pense que je sais ce que tu veux James, me demander le divorce, je pense que c'est le moment prévu par le contrat, n'est-ce pas ?

- Non, pas du tout, j'ai tellement de choses en tête que cela ne m'a même pas traversé l'esprit. Je suis venu pour quelque chose de plus sérieux et je voulais que tu m'aides ou que tu me rendes service.

- Plus sérieux ! Et quel genre de faveur ? - demande-t-elle avec un peu d'appréhension.

- Mon grand-père est atteint d'un cancer en phase terminale qui le consume. Les médecins disent qu'il pourrait mourir d'un jour à l'autre,

- Quoi, tu es sérieux, mais j'allais très bien d'après ce que tu m'as dit il y a trois mois.

- Je sais, mon grand-père est encore relativement "jeune", quatre-vingt-cinq ans, mais parce qu'il était si têtu et ne voulait pas se soumettre à des examens annuels, il a contracté un cancer. On dit qu'il l'a depuis au moins deux ans et qu'il est très étendu.

- Je suis vraiment désolée James", dit-elle d'un air inquiet.

- Cela fait partie de la vie, mais c'est peut-être dû à son entêtement. Je n'aurais jamais cru que cela arriverait au vieil homme, lui qui était si fort et si énergique.

Chapitre 7

- Après notre mariage, je suis allé le leur annoncer dans leur résidence de la vallée de l'Hudson (New York) et vous ne pouvez pas savoir comment ma mère s'est comportée, elle m'a même insulté et m'a fait fuir, mon grand-père s'est contenté de sourire d'un air indifférent, et mon ancienne fiancée, si elle l'avait découvert, était probablement en train de mourir à l'intérieur d'elle-même. Elle perdait ses millions. Bien que la colère de ma mère ne vienne pas de vous en tant que tel, c'est sa perte de prestige aux yeux des hautes sphères de la société qui la mettait en colère.

- Maintenant je comprends très bien, c'était pour le contrôle de la société de ton grand-père, c'est pour ça que tu ne veux pas divorcer.

- En fait, je pourrais divorcer aujourd'hui parce que je n'ai plus besoin d'être mariée, mais je ne vais pas le faire maintenant, parce que mon grand-père pourrait l'apprendre et qu'il est capable de tout.

- Déjà président ?

- Oui, j'ai reçu une offre de la deuxième plus grande entreprise d'Europe après la nôtre, et comme je connais les entreprises de Marshall Energy comme ma poche, mon grand-père craignait que je révèle les secrets à la concurrence et que je perde la direction, alors il a accepté de me la donner.

- C'était malin, James", dit-elle entre ses lèvres, passant ses mains derrière ses cheveux en signe d'attirance.

- Ce n'est pas l'argent, c'est juste que je déteste encore être dirigé comme un enfant.

- Je vois, je m'en souviendrai toujours au cas où je deviendrais autoritaire", avoua-t-elle ironiquement.

James ne ressemblait plus au même gars qui était arrivé tout frustré et fatigué, maintenant il avait l'air énergique et même beau avec ce sourire parfait et ces yeux bleus, ah ! sans parler de ce menton carré qui le rendait encore plus égocentrique et le plus irrésistible au monde, ce qui donnait envie de le mordre.

- Deux semaines après la rencontre houleuse avec ma mère et mon grand-père en Europe, j'ai reçu l'heureuse nouvelle que j'avais été nommé président exécutif de 98 % de l'ensemble du conglomérat Marshall, et ce en grande partie grâce à toi. Pour être honnête, j'avais hâte de te serrer dans mes bras pour cela, Harriet.

- Aha", elle hésite, les yeux expressifs d'affection, et pense, "oui, bien sûr, c'est l'argent qui te rend heureux, James. - Merci pour le compliment. dit-elle en rougissant.

- Mais d'une certaine manière, j'aime mon grand-père et ma mère, même s'ils m'ont toujours contrôlé et que nos disputes familiales sont constantes. Lorsque j'ai appris sa maladie, je me suis sentie très mal et c'est pourquoi je suis venue dès que possible. Mais plus que mon mariage, je pense que c'est sa maladie en phase terminale qui l'a fait changer d'avis sur le fait de ne pas laisser entrer des étrangers dans l'entreprise.

Mais connaissant son entêtement, peut-être, bien que je ne sache pas si c'est dû à l'arrêt respiratoire dont il a souffert", a-t-il ajouté.

- Mais le pire, c'est que j'ai découvert que mon grand-père ne m'avait pas permis d'être prévenu alors que je réglais des problèmes d'entreprise en Suisse, et je l'ai appris plus tard par mon assistante.

- wow James, c'est vraiment difficile ce que tu me dis. La mort de ma mère au début des années 2000 a été terrible pour moi et je sais ce que l'on ressent lorsqu'un proche tombe malade.

- Merci", a-t-il répondu.

Lorsque Harriet ouvre les bras pour le consoler, il comprend le geste et la serre dans ses bras tout en frottant ses larmes pour ne pas paraître faible.

Le fait est que le parfum de jasmin d'Harriet l'a fait se sentir en paix dans ce moment passager, cette seconde pour James qu'il souhaitait voir durer éternellement, même s'il n'avait pas d'amour pour elle.

- Je suis toujours désolé pour ta mère Harriet, j'aurais aimé être là comme tu l'es avec moi maintenant. Après mon départ cet été 1994, je suis allée à New York, puis j'ai été envoyée étudier en Italie, vous savez "l'éducation d'excellence" et je suis restée avec ma sœur aînée pendant un certain temps, puis elle s'est mariée et est allée vivre à Paris, et vous vous demandez où elle est ? Elle et son mari Andy sont morts dans un accident d'avion il y a quelques années.

- Tu ne m'as jamais parlé de ta sœur, je suis vraiment désolée, maintenant que tu as ta mère et même ton grand-père en vie, tu devrais te sentir reconnaissante.

- Merci pour vos paroles, je ne vais pas prendre plus de votre temps, la vraie raison de ma venue ici est, comme je l'ai dit, que j'ai besoin d'une grande faveur de votre part.

Elle a été surprise, a haussé les épaules et a demandé en secouant la tête - bien sûr, dites-le.

- Mon grand-père Hermès arrivera ici à Seattle demain dans un manoir de l'autre côté de la ville, ne vous inquiétez pas, il a aussi une vue sur l'océan et est beaucoup plus grand, et ce que je veux que vous fassiez, si ce n'est pas trop difficile, c'est que vous emménagiez avec moi dans cette maison et que vous fassiez semblant que nous nous aimons et que nous formons un vrai et incroyable mariage, surtout pour apporter de la joie à mon pauvre vieux père.

Elle a été choquée pendant une minute - ouf, vous m'avez prise au dépourvu, faire semblant sera difficile, mais ce n'est pas stipulé dans le contrat de mariage que vous m'avez fait signer. - Elle s'est exprimée un peu mal à l'aise.

- Je sais, mais je ne m'attendais pas à ça non plus. Tu sais, si ce n'était pas arrivé, nous serions peut-être déjà en train de divorcer, mais s'il te plaît, je veux que mon grand-père passe un bon moment.

- Je ne sais pas quoi dire", dit-elle en se rappelant vaguement ses rêves d'adolescente idiote de se marier avec lui.

- Ecoutez, si ce manoir vous paraît énorme, celui-là est trois fois plus grand, vous aurez votre espace, ce ne serait que faire semblant devant lui, vous n'aurez pas à vous occuper de lui et tout ça, il a une équipe médicale complète, deux infirmières et un médecin vingt-quatre heures sur vingt-quatre. Ce sera seulement les moments où nous passerons du temps avec mon grand-père et il ne serait pas mauvais que vous lui racontiez nos anecdotes à Houma. Et évidemment, des choses sur notre mariage et sa perfection, "que tu m'aimes", tu sais, des bêtises comme ça. Je veux que tu fasses comme si on s'aimait vraiment.

- N'invente rien James", dit-elle, un peu agacée. Tu changes tous les termes du contrat. Je ne veux pas te donner de faux baisers, tu le sais.

- Tu es ma femme", a-t-il répondu.

- Si vous le dites.

- C'est de la pure comédie, Harriet, n'exagère pas. De plus, ma mère se souvient, elle lui a raconté nos promenades quand nous étions enfants, il pense sûrement que nous nous sommes aimés à cette époque.

Elle fronce les sourcils d'un air contrarié. - Haha !

Chapitre 8

Elle détestait être traitée comme un objet, mais en même temps, elle était heureuse de ne pas souffrir financièrement. Pourtant, au fond d'elle-même, elle l'aimait depuis qu'il était enfant.

- Qu'y a-t-il de si difficile Harriet ? - demanda-t-il encore, - d'ailleurs, ce n'est pas pour longtemps, mon grand-père va bientôt mourir, et quand ce sera fini, tu partiras avec ton bébé et je sais que ce n'était pas stipulé, mais si tu fais ce que je te dis, je paierai tes dépenses et celles de Fiorella jusqu'à ce qu'elle ait 18 ans, personne ne te donnerait une telle chose pour si peu, tu ne feras que jouer la comédie.

- Vous, les riches, vous pensez que vos millions achètent tout. - dit-il entre ses lèvres.

- Aussi laid que cela puisse paraître, Mme Marshall, c'est à cela que ressemble notre mariage. - dit-il d'un ton ironique.

Harriet se leva brusquement de sa chaise de cuisine et s'assit sur un tabouret juste à côté du réfrigérateur.

- Oublie ça", a-t-il crié. - Notre accord est terminé, tu sais que ce n'était que quelques mois et je serais libre, s'il te plaît, je veux mon divorce", dit-elle d'un ton sérieux en se plaçant devant lui.

- S'il vous plaît mon ami, ne rendez pas les choses plus difficiles pour moi, vous savez Harriet, je ne peux pas accepter cela, vous devez m'aider, ce ne sera pas pour longtemps.

- Je ne veux pas de ton argent James, j'en ai assez avec ce que tu m'as donné, qu'est-ce que tu crois ? Que je suis une de ces harpies qui se promènent et trompent, non, je ne veux pas tromper ton grand-père, qui est peut-être un homme bon. D'ailleurs, tu m'as dit que je n'avais qu'à signer l'acte de mariage et que je n'aurais pas à te donner de faux baisers ni à t'accompagner nulle part, ce ne serait que des photos ou tout au plus une visite à ta mère, mais c'est tout. Tu changes tout, il n'y a pas de clause qui le permette.

- Allez, on y va ! Ne résistez pas, c'est facile, pourquoi discuter.

- Tu n'as plus rien à voir avec la petite Harriet d'il y a 15 ans et encore moins avec la Harriet potelée d'il y a quatre mois qui était un amour, maintenant tu es juste une...

- Ne sois pas grossier, James, répondit-elle avec agacement.

- Tu m'as traitée de grosse, tu n'as jamais vu de femme enceinte. Je n'ai pas besoin de te l'expliquer. De plus, tu n'as jamais eu à te battre financièrement, James a toujours tout eu et j'ai eu trois emplois en même temps.

- Vous avez profité de la croissance de votre bébé. Je ne vois pas où est le problème, si vous aviez continué à faire ces travaux pénibles, je ne vous aurais pas laissé le temps de faire quoi que ce soit, en plus vous aviez l'air épuisé et fatigué, je vous ai donné une pause, il y a un bon côté à cela. N'oubliez pas que les bébés tombent trop souvent malades, qu'auriez-vous fait pour le payer ?

Harriet baisse la tête pendant quelques secondes et avale un peu de salive en serrant la mâchoire, ravalant sa fierté.

- Pensez-vous qu'il soit plus inconfortable de faire cela pendant quelques instants que d'être serveur pour des clients indifférents pour le reste de votre vie ? - a ajouté James.

Tu gagnes toujours à tout, James, je vois que tu n'as absolument rien changé par rapport à ce morveux de 1994", murmure-t-il.

- Regarde le bon côté des choses, je sais que tu n'es pas une opportuniste comme Julieth mon ex, elle ferait n'importe quoi pour être dans ta position. Et elle n'aurait jamais accepté les 10 000 dollars que vous avez heureusement acceptés, elle aurait demandé des millions.

- Je n'ai pas besoin de beaucoup d'argent", a-t-il marmonné, "juste assez pour manger et acheter des biberons et des couches, et j'ai tout économisé parce que je sais qu'il n'y en aura bientôt plus.

James s'est levé et s'est dirigé vers la fenêtre qui donne sur la mer. - Oh, l'économe ! Qui l'eût cru", dit-il à voix basse.

- Elle acquiesça, son beau visage montrant une baisse de colère, mais elle regardait toujours Jacques qui observait les bateaux à l'horizon.

- Allez Harriet, ce n'est pas si difficile, d'après les spécialistes tu ne vivras pas plus de deux mois, ce ne sera pas long, crois-moi, c'est la seule chose que je te demande, et je te promets qu'une fois que tout sera terminé, mes avocats te libéreront en un jour. Et tu pourras aller où tu veux, avec une sécurité financière jusqu'à 18 ans, et pour être plus généreux avec toi, je t'offrirai une maison où tu veux. - Il ajouta en se tournant vers Harriet qui attendait à distance.

- Et qui d'autre sera dans votre maison ? - demande-t-elle, presque convaincue.

- Ma mère et mes serviteurs.

- Ta mère ! - chuchota-t-elle doucement, mais pas assez pour que même Jacques l'entende.

- Mais ne vous inquiétez pas, ma mère n'aura rien à vous dire, elle aime beaucoup mon grand-père et c'est pour cela qu'elle viendra aussi, elle ne veut pas manquer les derniers moments avec lui.

- La connaissant, ce qu'elle détestait quand j'allais parfois dans les jardins du manoir de ton arrière-grand-père, c'est qu'elle faisait toujours cette tête de fuchi parce qu'elle était pauvre.

Chapitre 9

- Ma mère est comme ça, elle n'est pas aussi mauvaise qu'elle en a l'air, elle se soucie juste beaucoup de son statut social, vous savez, c'est comme ça qu'elle a été élevée.

James fit quelques pas confiants et atterrit devant une Harriet qui sembla même frémir à sa vue.

- Vous êtes Mme Harriet Marshall, vous n'avez pas à avoir peur de venir chez moi, ma mère doit respecter et même s'il y a des membres de ma famille, des tantes, des oncles ou des cousins, personne ne doit dire quoi que ce soit.

Elle a passé de la salive et a bégayé.

- Oui, mais...

- Rien, vous imposerez les règles si vous le souhaitez, ma mère a ses résidences, mais comme elle veut être avec son père, c'est pour cela qu'elle passera du temps avec moi. Mais si vous ne le voulez pas, je peux lui dire de venir tous les matins lui rendre visite.

- Ce n'est pas grave", a-t-il dit, "mais ta mère, tu sais, je veux dire l'accord entre nous ?

- Oui, ne t'inquiète pas, je lui ai déjà dit, seul mon grand-père ne le sait pas, il pense que tu es vraiment l'amour de ma vie et ma mère ne le lui avait pas dit jusqu'à récemment et bien qu'il ne l'ait pas pris très positivement, il est résigné et ne te traitera pas mal, même s'il ne t'aime pas.

- Harriet, mon grand-père a toujours voulu une femme pour mon bien, il pense qu'en épousant une femme bonne et pleine de principes qui m'aime, il maintiendra ma vie sur la bonne voie, et bien, bien que ma mère veuille que je sois Julieth, je ne veux pas d'elle, je l'ai aimée à une époque, mais quand j'ai découvert que tout cela était faux, j'ai cessé de l'aimer. Elle est frivole et fausse.

- Si vous le dites, mais...

- D'ailleurs, qui ne voudrait pas d'une femme comme toi.

Elle est devenue vraiment rouge, mais elle a presque ri quand James a ajouté.

-D'ailleurs, il y a des avantages à accepter une femme comme toi ; il n'y aura pas de querelles, pas de tracasseries ni d'impositions de ma part, et moi de la tienne, comme je l'imaginais.

- Oui, c'est ce que veulent tous les hommes", a-t-il déclaré,

Harriet se détourne de lui et se dirige vers l'autre fenêtre qui donne sur le jardin magnifiquement aménagé.

- Alors, allez-vous dire oui, Harriet ?

Il pensait qu'elle serait comme toutes les femmes qu'il connaissait dans son entourage, frivole, mégère et intéressée.

Soudain, elle se retourna lentement, rencontrant ses yeux bleus.

- James, mais comment vas-tu le persuader que nous n'étions même pas à notre soirée, tu ne penses pas qu'il va se douter de quelque chose.

Lorsqu'il l'entendit, le jeune Marshall se réjouit dans son esprit de la chose la plus difficile qu'il ait faite : il avait convaincu l'orgueilleuse Harriet.

- Avant cela, mon grand-père était très occupé et croyez-moi, j'ai inventé des choses pour lui, c'est pourquoi il n'est jamais venu vous rendre visite. Seule ma mère le savait et mon assistante et moi le leur avons interdit à tout prix, c'est pour cela qu'il n'aura pas à le savoir.

Elle se mordit les lèvres d'incrédulité.

- Nous agirons comme Roméo et Juliette", a plaisanté James.

- Allons, Harriet ! tu crois que je ne l'ai pas remarqué, tu me regardes tendrement, et cela suffit pour qu'on croie que tu m'aimes.

- Moi, tendrement ? Eh bien, c'est à ça que je ressemble", sourit-il en secouant la tête.

- J'irai tous les jours à mon travail chez Marshall Enterprises, et quand nous irons le soir dans la chambre de mon grand-père, je te baiserai la main et te donnerai un petit baiser sur la joue, des phrases comme Je t'aime ma Harriet, des choses comme ça. Ridicule mais crédible.

Elle rit et ne cache pas le rouge de ses joues alors qu'elle ressent en elle des sentiments mélangés de vieux souvenirs.

- Je veux que tu le fasses naturellement, avec ma mère, mes oncles et mes tantes, pour que personne ne se doute de rien et n'aille le leur dire. Alors, à ton petit visage que je vois, je sens que tu as accepté. Dans quelques heures, mon chauffeur viendra porter tes affaires dans notre nouvelle maison.

- Je n'ai pas encore dit si James était d'accord.

- Je sais à votre visage que vous accepterez, je ne vous connais pas du tout, mais j'en sais assez pour savoir que ce sourire signifie oui.

- D'accord, je le ferai pour mon bébé, pour ton grand-père et pour moi, mais n'oublie pas que ce n'est pas pour toi, James Marshall", a-t-il déclaré d'un ton complaisant. -Tu m'as assez donné et je t'en remercie, mais je le ferai au moins pour te rendre psychologiquement tant de bien.

- Vous m'avez laissé sans voix", a-t-il remarqué, "vous êtes incroyable Harriet", alors qu'il l'a prise dans ses bras et l'a soulevée dans les airs pendant quelques secondes.

Chapitre 10

- Lâchez-moi, vous allez me jeter par terre, cria-t-elle d'une voix à la fois volontaire et réticente.

- Superbe dame, vous m'avez fait passer un bon après-midi. Je m'en vais, ils viendront vous chercher à 6 heures pour que vous soyez prête.

Soudain, James a fait semblant de l'embrasser sur la joue pour lui dire au revoir, mais c'était une belle tromperie, il l'a tendrement embrassée sur les lèvres pendant une demi-seconde, puis s'est éloigné rapidement et est parti à un rythme régulier.

Elle est choquée et porte ses doigts à ses lèvres rouges.

- Ce n'est pas possible", dit-elle entre ses lèvres. Et elle se tourna vers le ciel, supposant que son défunt mari Louis la regardait sur ce petit bout de papier.

"Je suis désolée Louis, mais pour notre fille je vais devoir jouer le rôle de presque une pute, nous ne ferons rien d'autre que des baisers sans amour", a-t-elle marmonné dans l'air.

Quoi qu'il en soit, je vais aller tout préparer", dit-il en se dirigeant vers le salon, puis vers l'immense escalier menant au premier étage.

A 6 heures, elle était prête avec quelques valises, soudain une voiture de luxe est apparue, elle était perplexe et a dit "distinctif de James et de ses extravagances, évidemment il n'allait pas venir dans une voiture normale".

Un chauffeur en uniforme de marque descendit et l'interpella : "Bonjour, Mme Harriet de Marshall, vous pouvez monter, je vais vous conduire au manoir de Sun Lake, à l'est de la ville.

Il lui a ouvert la porte et elle est montée à l'étage, puis il a rassemblé toutes les affaires et ils sont partis en direction de la résidence de James Marshall.

30 minutes plus tard, il était arrivé au manoir ultra luxueux de James à Bellevue , une ville située juste à côté de Seattle, Washington, et à quelques mètres du magnifique lac Sammamish, clairement quelque chose qu'il n'avait jamais imaginé, encore plus beau que la maison où il avait passé les trois derniers mois. La façade était de style moderne avec des formes architecturales d'excellence et un jardin majestueux rempli de toutes sortes de fleurs, et tout autour des arboretums magnifiquement décorés et des jardiniers à l'œuvre. Devant la maison, il y avait un immense espace avec plusieurs fontaines, et devant le lac Sammamish, on pouvait apercevoir quelques jet-skis autour d'un très long pont en bois en forme de quai qui est habituellement utilisé pour les loisirs.

- Mme Marshall, nous sommes arrivés", dit le chauffeur en ouvrant la porte, puis ils se dirigent vers l'entrée et il sonne, immédiatement la majordome ouvre, elle est un peu âgée, et dit : "Je suis Katherine le majordome, c'est un plaisir de vous rencontrer Mme Harriet Marshall, le jeune James nous a beaucoup parlé de vous et nous a indiqué que vous arriviez aujourd'hui. - Je suis Katherine la majordome, c'est un plaisir de vous rencontrer Mme Harriet Marshall, le jeune James nous a beaucoup parlé de vous et nous a indiqué que vous arriveriez aujourd'hui. Bienvenue dans votre résidence, c'est votre maison, nous sommes là pour vous servir", dit-elle avec un sourire accentué.

Harriet s'est figée un instant, mais a réagi à temps - Ravie de vous rencontrer Katherine, je vois que mon mari n'est pas là.

- Non, il est sorti, si tu veux venir avec moi je vais te montrer sa chambre, c'est bien pour toi de connaître la chambre de ton bébé aussi. - Indiqua-t-il en souriant à Fiorella. - Je m'occuperai de ses affaires plus tard.

- Cela ne me dérange pas", murmura-t-elle, car elle était si peu habituée à voir autant de luxe qu'elle en était gênée. En entrant au premier étage, elle regarda le fond d'une pièce gigantesque où se tenaient probablement les réunions sociales, et là elle comprit pourquoi James lui avait dit qu'il n'y avait rien dans l'autre manoir, car dans ce manoir il y avait des peintures et des œuvres d'art de grande valeur, ainsi que des sculptures d'artistes célèbres. - C'est sa chambre et celle de son mari," Katherine montra la chambre à coucher avec la porte fermée, "Harriet à l'intérieur "wow c'est tellement plus beau que ceux qu'on voit à la télé. Mais James a dormi là-dedans aussi, il n'a pas aimé l'idée", dit-elle.

- Je suis heureuse que vous m'aimiez bien, Miss Harriet, et si vous ne m'aimiez pas, votre mari changerait tout", ajoute-t-elle. - Au fond se trouve la chambre du grand-père de James, M. Hermes Marshall.

Chapitre 11

- Et où dormira mon bébé ? - demande-t-il timidement en lui faisant la cour.

- Votre bébé Fiorella est à côté.

- Cela me semble parfait. Pendant une seconde, Harriet ouvre la porte et jette un coup d'œil à la chambre qu'elle va partager avec James. Elle se dit : "Mais bon sang James, un lit pour nous deux, oublie ça, tu vas devoir me donner une explication", tu verras que ce n'était pas prévu, grommelle-t-elle.

- Vous pouvez vous y rendre pour voir où votre bébé dormira.

Harriet fait quelques pas dans l'immense chambre magnifiquement décorée, avec un grand lit d'enfant au milieu.

- wow, je n'aurais jamais pensé qu'il puisse...

- Oui, il y a une semaine, James l'a fait faire par un célèbre designer de la ville.

- Je suis sans voix, c'est très gentil de votre part.

- M. James est un amour", a déclaré Katherine, "il a été présent à chaque étape du processus.

"Oui, avant tout, murmura Harriet en elle-même.

- Fiorella a déjà adoré, regardez-la, elle babille, elle veut essayer le berceau", dit la gouvernante.

-Oui, je vois, il aimait les ours en peluche éparpillés dans la pièce.

- Elle a déjà sommeil, regarde-la, pourquoi ne pas l'endormir un peu ?

- Si c'est ce que j'allais dire", murmure Harriet.

Il se dirigea vers l'immense lit de camp en placage de bois fabriqué en Italie et l'installa avec précaution.

Je vais vous laisser un moment, mademoiselle, je vais ordonner que l'on monte vos affaires à l'étage", dit Katherine.

- Une fois le majordome parti, Harriet fit le tour de la chambre de sa fille, énorme pour une gamine. - Regarde mon beau bébé, dit-elle avec amour en regardant par la fenêtre le lac qui s'étend d'ouest en est des deux côtés, c'est un rêve, répéta-t-elle. - Je voudrais rester ici et dormir avec toi, je ne veux pas dormir avec M. James. Il a toujours vécu comme ça, ça me semble magique, tout est beau ici, c'est comme ça que vivent les riches, quelle envie ! Qui ne voudrait pas vivre comme ça, murmura-t-il en regardant à l'horizon les petits manoirs, évidemment le manoir de Sun Lake était le plus grand de tous les domaines de millionnaires.

Immédiatement après, elle s'est assise dans un fauteuil en cuir pour regarder sa fille dormir. Au moins, elle serait fière que son bébé ait eu la meilleure vie qu'elle ait jamais eue, avec l'égalité des personnes les plus riches du pays et avec son amour.

Quelques heures plus tard, Harriet s'apprête à descendre dîner. Elle avait déjà vu une petite partie de cette gigantesque demeure - elle avait vu plus de six jardiniers, qui l'avaient emmenée arranger les fleurs et les arbres, plus de cinq servantes dans la maison, et environ trois cuisiniers dans la magnifique cuisine moderne, décorée de différentes couleurs et de marbre clair. Les domestiques se sont montrés très serviables et cordiaux à son égard. Elle et son bébé ont dîné seuls à 18 heures. La nourriture était plus délicieuse que dans n'importe quel restaurant qu'elle ait jamais fréquenté. Elle était assise à une gigantesque table circulaire d'environ douze mètres de long et mangeait toutes sortes de délices. Qui aurait cru qu'Harriet, la serveuse, était en train de dîner et que, tout autour d'elle, elle avait des domestiques et des chefs à sa disposition pour faire ce qu'elle voulait. C'était le rêve de tout le monde. Jusqu'à aujourd'hui. Après le dîner, elle a pris une douche et a douché son bébé. Puis il l'a installée dans son lit et a attendu une demi-heure qu'elle s'endorme. Vers 19 heures, elle sortit de là et se dirigea vers la chambre qu'elle allait devoir partager avec Jacques. En entrant, elle se dit : "J'aimerais que ce soit un mariage d'amour, comme ce serait beau de le partager, et quand Fiorella serait grande, elle dormirait au milieu de nous, comme dans les films d'amour", mais elle revint immédiatement à la réalité et chassa cette pensée adolescente d'amour impossible. Il passa de l'autre côté de la pièce, qui mesurait littéralement trente mètres de long, et écarta les stores qui créaient l'atmosphère funèbre.

Elle a ensuite ouvert l'immense armoire en bois, sournoisement, et y a trouvé une panoplie de beaux costumes, manifestement ceux de son mari, et, à sa grande surprise, lorsqu'elle a ouvert l'autre panneau de bois, tous ses vêtements y étaient suspendus.

Elle était un peu ennuyée parce qu'elle n'aimait pas l'idée que quelqu'un fouille dans ses valises avec des vêtements bon marché, et aussi parce qu'elle ne voulait pas partager faussement une chambre avec James, elle voulait dormir dans une autre chambre, mais ce jour-là, pour sa plus grande chance, James n'est pas rentré à la maison.

Le lendemain soir, à six heures, Harriet a mis la plus belle robe qu'elle possédait, une robe Chanel rouge élégamment ajustée, manifestement d'occasion. Lorsqu'on l'appela pour le dîner, Harriet descendit nerveusement les escaliers, juste en préambule de la salle à manger, il y avait une énorme porte voûtée et, par malchance, il y avait plus de monde que James à cause du brouhaha des bavardages que l'on pouvait entendre, - elle se mordit les lèvres et marcha, il y avait à table Mme Sully de Marshall et son fils James, ainsi que des servantes qui préparaient la table. Mme Sully n'avait pas plus de cinquante-deux ans, très élégante et de style italien, les yeux bleus et la peau olivâtre. Elle portait des bijoux de luxe et une robe de créateur. James avait l'air décontracté et extrêmement sexy.

- Désolé, désolé si je vous ai retardé, murmura-t-il d'une voix faible, montrant toute sa nervosité.

Mme Sully de Marshall s'assit sur un trône à l'écart de la salle à manger et, d'un regard indifférent, l'examina rapidement de la tête aux pieds, puis s'exclama d'un ton sarcastique : "Très élégante, et quel est le créateur de cette robe ? Elle a l'air bizarre.

- Ce n'est pas un designer", a-t-il répondu timidement.

- Mmm, - elle a fait une petite grimace et a dit - ne vous inquiétez pas, vous êtes à l'heure, nous étions sur le point de commencer, ravie de vous rencontrer en personne Harriet, - elle a voulu la serrer dans ses bras mais la dame l'a repoussée en lui serrant simplement la main.

Son fils s'approcha de l'autre côté de la table et la prit par la taille, ce qui ne plut pas à Harriet, et lui donna immédiatement un baiser près de la bouche, mais elle ne le refusa pas non plus, pour ne pas gâcher le tout. Mais elle lui jeta un regard de contrariété, que Jacques comprit clairement, mais il lui en donna un autre en disant à sa mère : "Ma femme, n'est-elle pas une beauté, mère ? - Elle acquiesça à contrecœur.

Chapitre 12

Ce que Harriet se demandait parfois, c'est que malgré le faux baiser, elle ressentait un vibrant et magnifique sentiment d'amour.

Puis James s'assit à côté de Harriet à la grande table, et Mme Sully à l'autre bout.

- Mon fils ne t'a-t-il pas manqué pendant tous ces mois ? - fait-il remarquer d'une voix agacée.

-Bien sûr madame, il m'a manqué comme à toutes les femmes, heureusement qu'il est avec moi maintenant.

"Aimer, ce n'est pas se regarder, c'est regarder ensemble dans la même direction". *Antoine de Saint-Exupéry.*

- C'est ce qu'on dit dans les romans", dit la dame d'un ton froid.

- Maman, excuse-toi", rétorque James, l'air agacé.

- C'était juste une remarque, mon fils, ne le prends pas si mal, d'ailleurs", dit-il en regardant Harriet sans la quitter des yeux.

- Ma fille, je te souhaite la bienvenue "de tout cœur" - a-t-il déclaré d'un ton hypocrite.

Elle n'a pas répondu. Le moment était manifestement tendu et tendu à cause d'elle, figure de la discorde, de l'importunité et de l'arrivisme, selon les yeux de la dame.

- Assez attendu, c'est l'heure du dîner. Katherine, faites-les entrer avec les hors-d'œuvre", ordonna-t-il.

- Un à un, les serviteurs défilent jusqu'à ce que la table soit remplie de toutes sortes de plats exotiques, même nouveaux pour Harriet, qui travaillait dans un buffet. Bientôt, ils commencèrent à la servir.

- Il n'y a pas si longtemps, n'est-ce pas, Harriet, vous serviez des plats en tant que serveuse ? Mais ne vous méprenez pas, je trouve que c'est un beau métier", commente Mme Sully d'un ton sarcastique.

- Oui, madame", a-t-elle répondu avec dégoût, "il était clair qu'il voulait vous ennuyer avec ses remarques déplacées.

- Être serveuse, mère, c'est comme n'importe quel travail, être (PDG) comme moi en est un autre, mais cela ne vous rend pas meilleure non plus. Dînons ensemble.

- Quel délicieux repas, Martha", remercie Harriet en essayant de changer de sujet.

Après avoir dégusté ce délicieux repas, le médecin spécialiste qui s'occupait de leur grand-père est venu leur demander de la nourriture pour monter à l'étage.

- Bonsoir, Mme Sully et M. James.

- Pendant que tu es ici, Rayan, j'aimerais te présenter ma femme Harriet", dit James.

- Comment allez-vous, Mademoiselle ?

- Le mien", a-t-elle répondu.

- Et comment va ma grand-mère ?

- Votre grand-père est un chêne, mais pourquoi leur mentir, il est toujours aussi gai et montre toujours le même intérêt pour la bourse et les journaux... mais la vérité est que la maladie progresse trop, la dernière analyse le confirme - indiqua-t-il un peu sérieusement. - Je vous laisse vous amuser, a dit le docteur", ont-ils tous dit.

Mme Sully est devenue mélancolique et un peu larmoyante.

- Calme-toi, maman", dit son fils en essayant de la réconforter, en se levant et en la rejoignant.

Harriet les a regardés et s'est sentie un peu désolée pour eux, parce qu'elle aussi avait vécu une situation terrible comme celle-là, et elle ne souhaitait cela à personne, même si elle voyait bien qu'elle la détestait d'être d'une classe inférieure et de ne pas avoir le profil que sa mère souhaitait pour son fils.

Chapitre 13

- Chérie, le bébé dort-il encore ? - demande James,

- Il a des heures de sommeil.

- Quoi ? vous avez un fils Harriet, vous ne m'avez pas dit fils ! oh ! c'est pour cela que vous avez forcé mon fils à se marier", marmonna-t-il.

- Ce n'est pas le mien maman, baisse la voix, tu peux entendre le serviteur.

- mmm.

- Votre fils, Mme Sully, a probablement accepté de m'épouser pour que ma fille soit plus crédible.

- Expliquez-vous James Marshall, je sais que vous êtes déjà marié, même si c'est une simulation, mais dites-moi pourquoi vous l'avez choisie, alors que vous avez une grande variété de candidates, et vous éviterez de vous mettre dans l'embarras avec nos connaissances", grommela-t-il.

Le visage d'Harriet s'effondre de honte en écoutant ces mots cinglants d'humiliation.

- Eh bien, mon fils, tu aurais dû faire venir ta femme ici il y a plusieurs mois, c'est très mauvais signe, ils pourraient penser des choses, tu ne crois pas ? - a-t-il ajouté.

- Laissez-moi vous expliquer James, - Mme Sully, si vous pensez que j'ai accepté d'épouser votre fils parce que je suis une femme égoïste, laissez-moi vous dire que non, je ne suis pas de celles qui parcourent le monde à la recherche de fortunes.

Elle la regarda avec méfiance et incrédulité face à ses paroles mensongères. C'est ainsi qu'elle considérait la plupart des membres de son cercle social, des harpies.

- Peu importe, a-t-il répondu. - .

James se retourna pour la regarder à nouveau avec indignation, - Ne me regarde pas comme ça James, la vérité c'est que tu me connais, je suis très direct et cela a tendance à provoquer des disputes parfois, mais ce n'est pas pour cela que je suis mauvais, j'ai juste de bons goûts, - souligna-t-il en jetant un coup d'œil rapide et humilié au décolleté d'Harriet.

- Je ne sais pas quoi dire Mme Sully, mais malheureusement je ne suis pas à votre niveau, en fait, je ne porte jamais de robes de soirée pour dîner, c'est nouveau pour moi. Et puis, le plus important pour moi, c'est ma fille, je n'ai pas les mêmes aspirations que vous", commente-t-elle.

James a jeté un regard furieux à sa mère, qui s'est excusée à contrecœur.

- Je ne voulais pas que tu penses cela, je ne voulais pas le dire de cette façon, je voulais juste le dire, ne le prends pas si mal ma fille. Pas de haine.

James, agacé, s'exclama : "Mère, la dernière fois que tu fais des remarques de ce genre, tu sais qu'Harriet est maintenant ma femme et que je ne permettrai pas qu'on insinue ou qu'on humilie sa personne.

- James, je ne veux pas de dispute", dit Harriet, "Je mangerai au restaurant si ta mère le veut, ça me va.

- Pas vous, il n'y a pas lieu de se battre, à partir de maintenant pas un commentaire négatif mais maman tu devras partir, décréta-t-il quelque peu agacé, comprenez, ma grand-mère est en train de mourir et le moins que l'on puisse faire c'est de ne pas se battre, d'accord ?

- D'accord, dit Sully, il n'y en aura pas pour moi", ajouta-t-il avec ironie.

Harriet se lève et part, agacée, James la suit.

- Ne transformons pas une brise en tempête.

- James, je n'ai jamais laissé quelqu'un m'humilier autant de toute ma vie, et si ta mère continue à m'embêter, je pars maintenant et je divorce. Je ne l'ai pas fait pour l'argent si c'est ce que tu penses, je l'ai fait pour t'aider. Il la regarde avec méfiance sans la quitter des yeux, - c'est une menace ?

- Oui, parce que cela ne devrait pas être le cas.

- C'est l'une des choses que je déteste le plus : les menaces, et vous savez que j'ai le pouvoir de vous mettre à la rue.

Elle le regarda furieusement avec l'envie de le gifler, - tu me prends pour une idiote, tu as déjà oublié où tu m'as trouvée ; travailler, je peux m'en sortir sans personne. En dehors de votre aide financière, dont je vous suis reconnaissante, je l'avoue, j'ai accepté tout cet attirail parce que je n'ai jamais eu de père et que vous vous sentez sûrement votre grand-père comme un père.

- Ne mentez pas, l'argent parle, Harriet.

Pas quand j'étais mariée à Louis", a-t-elle marmonné bruyamment.

-Louis, s'écria la mère de Jacques, qui les trouva en train de se disputer dans l'escalier, qui est Louis Harriet ? - demanda-t-elle en la regardant avec mépris. Jacques ne répondit pas.

-Personne, Mme Sully.

Il lui a tenu la main tendrement pendant quelques instants et a évité une nouvelle dispute, ignorant sa mère et la faisant partir. - Merci James d'avoir pris ma défense, c'est grâce à toi que j'ai pu profiter de mon bébé pendant tous ces mois et je veux juste te dire merci. Mais je n'aime pas ça du tout.

Il fut tellement impressionné par ces mots qu'il ressentit même dans sa poitrine un sentiment de protection qu'il n'avait jamais éprouvé pour elle auparavant. Puis il lui donna un baiser fugace sur la joue.

-Ma mère est allée dans sa chambre, allez, ils servent le dessert.

Harriet n'était pas enchantée à l'idée de commencer à éprouver des sentiments pour James, mais il était inévitable qu'ils fassent lentement surface dans son cœur.

Elle n'avait pas encore rencontré le grand-père de Jacques, mais au fond d'elle, elle ne savait pas comment il réagirait, s'il l'aimerait ou non. Quelques minutes après avoir dégusté le dessert, James se leva et lui dit de venir avec lui chez son grand-père, il lui prit la main où se trouvait sa bague et ils montèrent ensemble les escaliers jusqu'à l'autre côté de la pièce. Dans ces instants, Harriet se sentait étrange, elle sentait la peau de James et sa chaleur passer sur elle, ces secondes qu'elle aurait voulu éternelles, elle sentait même le mécontentement qu'elle avait eu avec sa belle-mère dans la salle à manger s'estomper. Elle était fascinée qu'il la porte ainsi, cela lui donnait la fausse impression qu'il l'aimait vraiment. Lorsqu'ils arrivèrent, les aides qui s'occupaient du maître sortirent et ils entrèrent,

Abue, murmura Jacques, es-tu réveillée ?

-Je meurs d'envie que tu viennes, petite, j'ai envie de te voir. -Il murmura d'une voix à peine hésitante, "ce n'est pas parce que tu es le président que tu dois m'abandonner et ne rien me dire, hé !

-Vieux grincheux, tu ne changes pas. Ne vous inquiétez pas, tout est sous contrôle. Ce que je veux dire, Mamie, c'est que je veux que tu rencontres Harriet, je suppose que tu n'en as pas eu le goût.

-Harriet", dit l'homme en tournant à peine la tête de son oreiller pour bien le regarder.

- Je n'ai pas eu le plaisir de la connaître. Comme dernièrement, parce qu'ils me considèrent comme inutile ici, ils ne me disent rien.

James a tenu fermement la main d'Harriet de peur qu'elle ne s'enfuie. Elle a l'air très nerveuse.

J'espère que vous allez bien, Monsieur Hermès", dit-il d'une voix craintive, les yeux parfois baissés.

- Je vois que ce n'était pas un mensonge ce que votre mère m'a dit, Jacques, la bonne, enfin dans votre résidence", dit-elle en les regardant fermement.

Harriet fait des yeux surpris et jette un coup d'œil gêné à son mari. Elle ne pensait pas être reçue par cet homme, pire que sa belle-mère,

Excusez-moi, mais je ne voulais pas vous déranger par ma présence", a-t-il dit.

-Il en va de même pour votre espèce, Haliet ou Harriet, vous n'avez sûrement pas bougé le petit doigt pendant tout ce temps, des petites femmes classiques qui cajolent des millionnaires, et vous, James, vous êtes un idiot, oui, un vrai idiot.

-Je pensais que tu serais heureux, et comme d'habitude, maman te racontant les potins, tu ne voulais pas ça, me voir mariée à quelqu'un qui a un bon cœur ? Eh bien, tu l'as fait.

-Il y a des niveaux James, avec Julieth mille fois, mais tu es têtu comme une mule.

Chapitre 14

-Pour tes projets, c'est parfait, mais ça aurait fait de ma vie un enfer. Vous ne le savez pas.

- Eh bien, eh bien, eh bien ! C'est donc cette jeune femme qui vous a captivé, humm," dit-il en la regardant avec incrédulité.

-Cette famille se donne trop en spectacle", murmure Harriet entre ses lèvres.

- Qu'est-ce que vous avez dit, mademoiselle ? A part la serveuse, grossière.

-Rien monsieur, juste que c'est un plaisir d'avoir rencontré la famille de mon mari, ce n'est pas tous les jours que l'on rencontre autant de gens de grande classe.

-Je croyais que tu avais dit autre chose, les chercheurs d'or sont comme ça, ils aiment jouer des tours et être oisifs", dit ironiquement le grand-père.

Grand-mère, c'est moi qui ai insisté, laissons cette affaire tranquille", dit son petit-fils en invitant sa femme à s'asseoir sur un siège en cuir à côté du lit du vieil homme.

James, parlez-moi de l'accord passé avec le gouvernement pour la construction de la raffinerie en Suisse.

- Ahorita ? mais...

-Oui, maintenant. Je semble aller mieux, quand je serai rétabli dans quelques semaines, je reprendrai la direction de l'entreprise et tu le regretteras, neveu gâté.

James regarde sa femme d'un air triste, car il est conscient que, même si son grand-père a connu des moments sans douleur, il sait que son cancer est en phase terminale et qu'il n'y a pas de retour en arrière possible.

Je souhaite, grand-père, que vous vous rétablissiez et que vous retourniez au front. dit-il avec résignation, en l'encourageant.

Nous allons dîner", disent les deux infirmières qui attendent à l'extérieur de la chambre, "allez-y", dit James, "j'irai aussi à la cuisine", dit sa femme en regardant son mari avec des yeux étroits, "mais Harriet, nous venons juste d'arriver", "oui, mais vous feriez mieux de parler de vos affaires".

James n'a même pas pu l'arrêter tant elle a quitté la pièce rapidement.

-C'est un vrai charmeur", remarqua l'homme sénile, "et il a aussi du tempérament, et il vous a mis sur la sellette.

-Et pourtant, je commence à peine à la connaître", dit une voix à l'intérieur de James. Il se retourna par-dessus son épaule.

- Et combien de temps sera-t-il là ?

-Il est venu pour rester.

-C'est parfait, j'espère qu'elle sera une épouse durable, d'ailleurs, tu avais besoin de ce truc d'aller avec un et un autre petit ami, ça ne te convenait pas, tu n'es plus un petit garçon... J'aimerais bien que demain matin elle vienne ici, je veux en savoir plus sur cette fille.

Rassurez-vous, Mamie, elle viendra. assure-t-elle à Harriet, reconnaissante au fond d'elle-même de n'avoir rien dit de son premier mariage.

Dans sa tête, il commença à ressentir un sentiment étrange qu'il n'avait jamais éprouvé auparavant et c'était de la jalousie envers Louis, l'ex d'Harriet, mais pourquoi, se demanda-t-il. Peut-être parce qu'au fond personne ne l'avait jamais vraiment aimé, les petites amies qu'il avait eues n'étaient que pour son argent ou pour être beau, mais rien d'un amour sincère.

On dit que c'est à 30 ans que les hommes mûrissent et changent pour le meilleur ou pour le pire. Et James commençait tout juste à vouloir ce que tout le monde veut : une famille et quelqu'un à aimer.

- Vous vous souvenez de votre grand-mère ? Elle lui ressemblait avec son joli minois lorsqu'elle était jeune. Bien que, de toute évidence, votre grand-mère était d'une autre catégorie.

James n'a gardé aucun de ces souvenirs d'enfance, car sa grand-mère est décédée alors qu'il n'était encore qu'un enfant.

Oui", dit le grand-père en regardant le plafond comme s'il se souvenait de l'époque où il avait l'âge de son petit-fils.

-J'espère que tu es vraiment heureux, comme je l'ai été avec Angela, elle a les mêmes cheveux blonds et les mêmes yeux gris qu'elle. Je me souviens de mes jeunes années, James, lorsque nous passions nos étés à regarder le coucher du soleil et que j'embrassais ces joues roses, tout comme cette serveuse.

Jacques rougit : "Grand-père, tu me donnes des conseils, merci pour ça. Immédiatement, ils ricanent tous les deux.

-N'oublie pas que c'est la voix de l'expérience qui parle, je connais beaucoup de trucs. Je ne te dirai qu'une chose, j'espère que tu sauras la traiter comme je ne l'ai pas fait et que ta grand-mère m'a quitté avant de mourir. N'oublie pas que l'amour est comme le feu, il faut y jeter des morceaux de bois, ne pas le laisser se transformer en cendres, car il est très difficile qu'il revienne. Au moins des deux côtés. J'ai aimé ta grand-mère, mais j'ai souffert qu'elle n'ait jamais voulu revenir vers moi. avoua-t-elle avec des yeux légèrement pétillants.

D'un moment à l'autre, ils commencèrent à parler affaires jusqu'à ce qu'il s'endorme, ronflant comme un bébé. C'était la première fois que quelqu'un faisait vraiment quelque chose pour lui, Harriet, et il commençait à ressentir des choses qu'il n'aimait pas, de l'affection. C'était un monde nouveau pour lui, Harriet, elle était simple et ne s'intéressait pas au luxe ou à la mode, au contraire, de toutes les femmes et classes sociales qu'il connaissait, elle ne s'intéressait le plus souvent qu'à des choses banales de ce genre. En outre, elle était trop attirée par le fait qu'elle était très compétente.

Après avoir éteint les lumières, il embrassa son grand-père endormi et sortit, il alla directement dans son lit, il était épuisé, mais lorsqu'il passa devant la chambre où Fiorella dormirait, il s'arrêta, dans le fond derrière lui il y avait Harriet qui la regardait, il entra curieusement et la salua à nouveau avec des signes pour ne pas la réveiller, elle lui sourit et il s'approcha de l'endroit où le bébé dormait paisiblement, elle n'avait que quelques mois.

- C'est incroyable comme votre bébé est beau, murmura James en essayant de ne pas faire de bruit, elle vous ressemble, elle a vos cheveux dorés et vos boucles, et que dire de la couleur de sa peau.

-Elle a souri et a caché : "Oui, surtout moi, je suis un amour.

Il lui a répondu par un sourire malicieux.

Elle s'est levée et s'est approchée : "Merci, je n'aurais jamais imaginé que vous prépareriez cette chambre pour mon bébé.

-Tu n'as pas à la remercier, c'est le moins que je puisse faire, elle le mérite et plus encore, c'est une petite princesse.

- Tu ressembles vraiment à maman, tu ne trouves pas ? - plaisante-t-elle. -Il acquiesce, se mordant la lèvre.

- Tu sais, ma grand-mère, même s'il t'a parlé durement au début, il m'a dit que tu étais une bonne fille, tu l'as même beaucoup influencé, parce qu'il m'a raconté des choses sur ma grand-mère et lui, ce qu'il n'avait jamais fait auparavant.

Elle lui a pris la main et lui a dit : "Ne t'inquiète pas, je serai là aussi longtemps que tu auras besoin de moi, ce n'est pas un problème pour moi, je supporterai les mauvais regards et les commentaires de ta famille.

Il la remercia dès qu'il sentit sa peau et s'interrogea sur la chance qu'avait eue son ex d'avoir une telle femme, précieuse à tous points de vue, outre le fait qu'elle était très belle, avec une peau olivâtre, des yeux bleu-gris et une silhouette très féminine que n'importe quelle femme lui envierait.

Harriet se dirige vers la fenêtre qui donne sur la mer, - depuis combien de temps vivez-vous ici ou possédez-vous cette maison ?

- Ce manoir a été offert par mon grand-père, il y a un an, lorsqu'il s'est fiancé à Julieth.

-Je vois que les riches profitent au moins de ces choses, même si, en vous regardant, vous êtes toujours au travail.

Il sourit : "Au fait, je vois que tu portes notre alliance en collier, c'est étrange.

-Non, c'est juste que je l'ai perdu hier et que j'ai oublié de le porter, ne vous inquiétez pas, je le porterai toujours.

Chapitre 15

- Bon, changeons de sujet James, j'ai vu que mes vêtements sont dans ton armoire, et je me demandais si tu ne pensais pas que j'allais dormir dans ta chambre, hier je l'ai fait parce que tu n'es pas venu, mais aujourd'hui ?

Il l'observa avec sagacité et lui adressa un sourire narquois.

-Tu es ma femme, tu te souviens ? Qu'il y ait ou non de l'amour, légalement tout est valable.

-Oui, mais...

Rien, petite femme", dit-il en la prenant par la main et en fermant la porte de Fiorella, non sans l'avoir embrassée.

De retour dans la chambre, elle est perplexe : comment est-il possible que cet homme sexy aux cheveux bruns et aux yeux de léopard la regarde avec malice, alors qu'elle n'est pas gênée par son odeur, sa masculinité évidente et le traitement qu'il lui réserve, évidemment.

-Mais, nous nous sommes mariés illégitimement James, je veux dire les sentiments.

-Faux ou non, notre mariage est légal Harriet, tu ne commets pas un péché si tu le penses.

Son rythme cardiaque s'accélérait parce qu'il la rendait si nerveuse avec son parfum de phéromones. Elle joignit les mains pour atténuer la sensation de débordement dans sa poitrine.

- Tu n'as jamais voulu coucher avec moi ? dit-il en essayant de la convaincre.

- Quoi, tu es sérieux, je te regarde à peine, je sais que c'est légal mais n'abuse pas de ma gentillesse non plus. - répondit-elle aussi sérieusement qu'elle le pouvait, mais une partie d'elle voulait vivre ses câlins et ses baisers le soir même. Non, je n'ai jamais pensé à ce que tu dis... tu as l'air d'un adolescent avec des hormones en furie, et tu te trompes si je dois te chevaucher petit homme.

Pourtant, au fond d'elle-même, Harriet mourait d'envie de goûter aux lèvres qu'elle n'avait jamais pu goûter il y a 15 ans. Elle désirait ardemment qu'un homme la parcoure de la tête aux pieds, et quoi de mieux qu'un homme qu'elle aimait, enfin, qui commençait à remuer les choses dans son âme.

Je ne veux pas dormir ici, c'est immoral", dit-elle en se mordant les lèvres, montrant qu'elle voulait être prise pour une femme par l'étalon.

Le feu qui l'anime s'intensifie lorsque James enlève son costume, puis sa chemise, révélant le corps tonique d'un athlète olympique. Avant qu'elle ne puisse en voir plus, Harriet se détourne sournoisement.

-James, ta chambre est plus grande que l'appartement que je louais avant. -Je peux dormir par terre, je ne suis pas si spécial, et personne ne se méfiera, nous quitterons la même chambre tous les matins et serons vus par les domestiques.

Si c'est ce que tu veux, ne t'inquiète pas, ne pense pas que je suis sexuellement malade et que je vais me lever et te toucher exclusivement, non, pas si tu le veux", a-t-il murmuré,

- N'ai-je pas entendu ce que vous avez dit ?

- Les chambres à coucher sont faites pour les personnes mariées, mais aussi pour les étrangers.

- Je vais aller finir quelques affaires dans mon bureau, vous pouvez dormir dans le lit, je vous promets de dormir par terre, oh, j'oubliais, il y a une des infirmières qui va surveiller Fiorella toute la nuit, je vous préviendrai pour que vous soyez plus détendue. Il sortit immédiatement et éteignit les lumières du couloir.

Harriet ne pouvait pas croire que James était si gentil et avait pensé à tout pour son confort. Vers neuf heures, elle se sentit épuisée et pensa à aller se coucher, mais, bien qu'elle ait eu la parole de James, elle préféra dormir sur le sol pour des raisons passionnelles.

Vers 7 heures le lendemain, ses yeux se sont ouverts et elle a réalisé qu'elle se trouvait dans le lit de James, mais elle avait manifestement dormi sur le sol car elle s'était réveillée au milieu de la nuit. Elle n'avait certainement pas fait du somnambulisme, quelqu'un l'avait portée pendant son sommeil et l'avait placée dans le lit, et qui pouvait bien être ce quelqu'un d'autre que son mari bien-aimé, James.

Chapitre 16

Elle vit rapidement l'horloge et se dépêcha parce qu'à cette heure-là, Fiorella se réveillait toujours et commençait à pleurer de faim, et elle ne voulait évidemment pas déranger qui que ce soit dans l'endroit. Elle rassembla ses draps, car elle ne voulait pas que les servantes sachent qu'elle dormait par terre, ce qui aurait pu donner lieu à des commérages. Puis elle se rendit dans la chambre de son bébé.

Quelques minutes plus tard, il se dirigea vers la cuisine où quelqu'un était probablement en train de prendre son petit déjeuner, et bien sûr, c'était celui qu'il avait imaginé ; James Marshall habillé élégamment pour le travail, -bonjour, pourquoi si tôt ?

Il se lève de l'immense table de marbre et lui répond : "Bonjour, mon amour", tout en l'embrassant tendrement et en faisant de même avec le bébé, afin de ne pas éveiller les soupçons des servantes qui étaient là et qui avaient l'habitude de beaucoup parler avec son grand-père.

-Désolé, nous vous interrompons", dit Harriet.

- Ne vous inquiétez pas, j'ai fini.

J'aimerais bien tenir Boucle d'Or dans mes bras, n'est-ce pas ? demande-t-il avec enthousiasme.

Allez-y.

Elle lui tendit les bras et il la prit dans ses bras avec un manque d'expérience évident, pire qu'un enfant. Elle rit légèrement en le regardant avec un visage de tristesse et de tendresse.

Elle a fondu devant la beauté de l'homme avec sa fille dans les bras, si tendre que, pendant quelques secondes, elle aurait voulu que ce soit réel. Et elle fut stupéfaite de voir que le bébé lui souriait et avait l'air de le connaître depuis des années. -Il observa la scène pendant de longues minutes.

Ensuite, Katherine est passée de la cuisine à la salle à manger avec des snacks et du thé, un petit déjeuner pour Harriet. J'ai déjà le lait maternisé pour le bébé", dit-elle en tirant le déambulateur sur le côté.

James, je ne veux pas vous gêncr, vous n'avez manifestement pas fini votre petit déjeuner, allez-y.

-Cela ne me gêne pas que mes deux princesses préférées soient là.

Lorsque Katherine est partie, Harriet lui a chuchoté : "Hé, je voulais te dire que je ne suis pas somnambule, mais qu'est-ce que je faisais dans ton lit le matin ? Je ne sais pas comment je suis arrivée là.

Il sourit d'un air méfiant : "Comme je t'ai vue recroquevillée et frigorifiée, je me suis permis de te mettre dans mon lit, car tu n'es pas très lourde.

Harriet rougit et se sentit pendant quelques instants comme la femme la plus aimée du monde dont elle avait toujours rêvé.

-Comme ce gâteau est bon", dit Harriet, qui n'en avait jamais goûté de semblable.

-Le jeune Marshall a les meilleurs chefs de Seattle, mademoiselle", dit Katherine en allant chercher quelques affaires dans la cuisine.

- Avez-vous quelque chose à faire aujourd'hui, Harriet ?

-Non, mais si vous me confiez quelque chose, je serai heureux de le faire.

Non, je veux juste dire que vous n'avez pas de voiture, n'est-ce pas ?

-Je n'ai rien, tout ce qui m'appartient est dans mes trois valises.

James sourit d'un air narquois.

-Eh bien, aujourd'hui, mon assistante viendra avec un chèque pour que vous puissiez aller faire des courses, je vous emmènerai acheter une voiture plus tard, en attendant, mon chauffeur Michael vous emmènera, d'accord ? dit-il en la regardant gentiment tout en dégustant une part de gâteau et de thé.

-Je ne peux pas le croire James, je ne mérite pas ce que tu me fais, je veux dire, je suis heureuse de t'aider, mais tu en fais trop... oublie la voiture, je ne sais pas conduire, et je t'emmènerai faire du shopping juste pour me distraire un peu.

-Cela ne me coûte rien, d'ailleurs, tu es ma femme.

-Oui, mais je n'ai pas besoin de voitures ou de luxe. Juste de la nourriture et un toit au-dessus de ma tête.

Il a été impressionné par la simplicité et l'altruisme dont elle faisait preuve malgré son état.

-Non, mademoiselle, vous devez vous amuser. Après avoir fait les courses, je veux que vous alliez voir le vieil homme, il m'a dit que vous devriez lui rendre visite.

Après quelques minutes passées à savourer le petit déjeuner, la mère de James descendit les escaliers, manifestement à cause du claquement de ses chaussures. Le matin, elle avait l'habitude d'être impeccable. En entrant dans la luxueuse cuisine, elle regarda tout le monde avec une certaine paresse et passa à côté jusqu'à ce qu'elle regarde au milieu du landau de Fiorella et murmure - wow ! Elle est si mignonne, ma chérie, comment vas-tu ? Et bonjour à toi Harriet", dit-il gentiment en s'asseyant à côté de James.

Et quel est le nom de votre bébé ? a-t-il demandé.

-Fioréa.

- Mmm, joli nom", dit-il d'un ton égocentrique, puis il se tourna vers son fils : "J'aurai besoin du chauffeur, je vais faire quelques visites.

-James, je vais te croire sur parole, ce que tu m'as dit hier", déclara Harriet à bout de souffle.

- Vraiment ?

Sully la regarde avec indifférence, et où iras-tu ?

-Ma femme va faire quelques courses et Michael l'emmènera, mais ne vous inquiétez pas, ils passeront probablement en premier pour qu'il puisse vous emmener.

Sully la regarde d'un air interrogateur, voulant lui lancer ses remarques acerbes, mais se retient un instant.

D'ailleurs, maman, tu as un chauffeur, appelle-le pour qu'il vienne te chercher, je ne pense pas qu'il soit trop occupé,

Intérieurement, Sully mourait de rage que son fils lui ait préféré sa femme.

Harriet ne supportait pas de passer toute la matinée avec sa belle-mère, dont les commentaires blessants l'agaçaient de plus en plus, alors elle a accepté d'aller faire des courses et a profité du commentaire de sa belle-mère. Elle fera peut-être des achats bon marché, pas dans les magasins qu'elles avaient l'habitude de fréquenter, mais elle envisage aussi de visiter des lieux touristiques.

Lorsque l'accompagnateur a remis le chèque à Harriet à l'intérieur de la limousine, elle a d'abord refusé de le prendre.

—Je ne peux pas accepter Lucas, c'est trop d'argent. Dix mille dollars juste pour aller acheter quelques vêtements.

C'est un ordre qu'ils m'ont donné, ce n'est rien pour eux, croyez-moi. Après avoir accepté, elle est allée faire toutes les choses qu'elle avait en tête. Elle a emmené le bébé au parc municipal de Seattle, a mangé une glace et s'est rendue dans un magasin de robes modestes pour acheter quelques pièces, puis a visité des musées et des parcs.

À son retour, Harriet se rendit directement dans la chambre de Fiorella pour y faire sa sieste. Alors qu'elle s'apprête à entrer, une des infirmières l'attend dans le couloir et lui dit.

-Je suis heureux que vous soyez là, Mme Marshall, M. Hermès m'a donné l'ordre de venir vous voir à votre arrivée,

Intérieurement, Harriet souhaitait disparaître, car elle ne voulait pas revivre ce qu'elle avait vécu hier, et seule cette fois, elle n'aurait l'aide de personne. Avec tout son chagrin, elle suivit l'infirmière jusqu'au bout du couloir en bois. L'infirmière ouvrit alors la porte et partit, la laissant seule.

-Bonjour Monsieur Hermès, salua Harriet d'une voix craintive, j'espère que vous allez bien, je vois que vous avez une belle vue sur la mer.

-Bonjour ma fille, n'ayez pas peur, je ne mords pas, venez me montrer le petit.

Elle le fit et le plaça près du vieil homme.

-Elle est belle, elle me rappelle ma fille Sully lorsqu'elle était petite, sauf pour les petites choses sur ce bébé qui est mignon.

Chapitre 17

- Bah, s'exclame-t-il, ce neveu gâté ne m'a rien dit, il va falloir qu'il me donne une explication, j'ai raté sa naissance et ses premiers mois", dit-il un peu agacé en retirant son respirateur à oxygène.

-Je vois que j'arrive à un moment délicat, monsieur.

Ne pars pas, ma fille, ce n'est pas courant de rencontrer une petite-fille tous les jours et encore moins avec le neveu que j'ai eu, des copines et des copines et je n'ai jamais eu de petite-fille, ce qui est toujours bon pour l'âme d'un vieil homme", dit-il d'une voix un peu rauque et en respirant difficilement.

Harriet s'est sentie mal à l'aise à ce moment-là parce qu'elle mentait d'une certaine manière, voulant dire au vieil homme que James n'était pas le père et que leur mariage n'était qu'une mascarade. Mais elle s'est efforcée de se taire, surtout parce que la joie qu'elle a donnée à M. Hermes en voyant son "arrière-petite-fille" était sincère et qu'elle ne voulait pas gâcher ce moment avec de mauvaises nouvelles.

Elle s'appelle Fiorella", dit-il en la plaçant près du lit du vieil homme.

Bonjour Fiorella, dis bonjour au vieux monsieur, à ton grand-père, comment va le bébé ? Quel beau petit bébé elle a. Après cela, le bébé n'a pas cessé de rire pendant longtemps.

- C'est une grande fille pour cinq mois", a-t-il remarqué, "mais je ne vois pas beaucoup de ressemblance avec James, j'espère qu'il n'y a pas de tierce personne", a-t-il murmuré en jetant un regard de détective à Harriet.

-Bien sûr que non, comme tu le penses, je n'ai d'yeux que pour James, ne te méprends pas, c'est sa fille. -Elle répondit à bout de souffle, gardant ses yeux dans les siens pour ne pas éveiller les soupçons, et ne pas éveiller les siens.

- Si c'est le cas, je trouve que c'est très beau, et j'aime les bébés, ils apportent de la joie dans la vie.

Au bout d'un moment, sur les conseils de l'infirmière, elle dit à l'homme qu'il est temps de prendre ses médicaments et qu'il doit se reposer ; après quelques crises de colère, il accepte et Harriet quitte la pièce.

Quelque temps plus tard, James est arrivé et est monté à l'étage avec son grand-père, mais il n'a pas pu entrer parce que le spécialiste a dit qu'il dormait, alors il est allé voir sa femme et ne l'a trouvée dans aucune des 13 chambres de l'étage non plus.

- Où est-il allé ? Mmm, pour autant que je sache, il devrait être de retour maintenant.

James descendit les 50 marches et entra dans l'immense cuisine. Il sentit que les cuisiniers préparaient quelque chose et, à sa grande surprise, Harriet était au milieu d'eux, les aidant à préparer une bolognaise et une tarte aux framboises.

James est entré et ses yeux sont devenus tout amoureux, puis il a dit.

-Katherine, elle ne devrait pas faire ça.

Excusez-moi, monsieur, mais...

-C'est ma faute James, je voulais faire cette recette.

D'accord, ne vous fâchez pas", plaisante-t-il, "je vous attendrai dans mon bureau, vous savez où, quand vous aurez fini ça, mon chef.

-D'accord", dit Harriet avec bonne humeur, "je termine maintenant.

Une heure plus tard, Harriet frappe à la porte du spacieux bureau de James avec plus d'assurance qu'auparavant.
Allez-y.

- Y a-t-il quelque chose que vous vouliez me dire ?

- Enfin, pas tout à fait. Je vois que tu as l'air de plus en plus spectaculaire", dit James.

- J'ai toujours été comme ça, ne mentez pas, je n'aime pas les faux compliments.

-Ce n'est pas faux, c'est sérieux, tu es superbe. L'infirmière m'a dit que tu avais accompagné mon grand-père il y a quelque temps, comment ça s'est passé ?

-C'était plus agréable qu'hier, nous avons parlé un peu, puis il a pris ses médicaments.

-Mais vous n'avez rien dit à propos de la fille ?

-Non, ne vous inquiétez pas. Il a adoré, en fait, il a tellement aimé Fiorella qu'il s'est même moqué de ses grimaces.

Il a souri, - Oui, mon grand-père est comme ça, un vieil homme avec l'âme d'un enfant, je me sens mal de ne pas lui dire la vérité, mais il n'y a pas d'autre moyen, s'il était en bonne santé je le ferais, mais dans son état je ne veux plus causer de problèmes.

-Je t'ai fait venir parce que je voulais te dire quelque chose. Demain, à 8 heures, nous allons à un événement au théâtre de la 5e Avenue.

- Dois-je partir ? - demande-t-elle avec étonnement.

-Bien sûr, vous êtes mon épouse, tout le monde ira avec son partenaire et je ne veux pas y aller seul, je ferai un petit discours et je vous présenterai. L'homme d'affaires le plus important ne peut pas aller sans partenaire.

James, pourquoi me mets-tu sur la sellette ? -Il refuse : "Je n'ai pas de robes de soirée, je n'ai jamais assisté à une réunion avec des millionnaires, et où va loger Fiorella ?

- Nous ne partons que pour quelques heures, le temps qu'elle dorme et que l'infirmière s'occupe d'elle.

Mais ils ne s'occupent pas de ton grand-père ?

-Oui, mais il y aura un supplément, un paiement spécial. Vous dites que vous n'avez rien à vous mettre ? Ce n'est pas grave, j'appelle tout de suite un styliste bien connu de la famille.

Chapitre 18

-James, ce n'est pas grave, je peux porter n'importe quoi.

- À votre avis, qui fabrique mes costumes sur mesure ?

- Je n'avais jamais pensé que tu étais un métrosexuel.

-Ce n'est pas ça, j'aime juste m'habiller, demain elle viendra faire du shopping avec toi.

Elle acquiesce avec résignation.

- Quel tricheur, nulle part dans le contrat que j'ai signé vous n'avez mentionné que je ferais tout cela, vous êtes un tricheur", a-t-il souri avec indulgence.

- Et si je me ridiculise lors de cette réunion et que vous avez mauvaise réputation à cause de moi ?

- J'ai déjà en tête ce que je vais faire, mais tu es si agréable à embrasser et à câliner que cela n'a pas d'importance.

Elle flirte avec un regard et acquiesce - "surtout ça, mais je ne veux pas non plus que tu me baves dessus, enfin juste un peu". - Elle imagine.

- Mais tu ne penses pas que c'est déplacé de sortir avec nous ? Je veux dire, sachant que ton grand-père ne va pas bien.

- Harriet, dit-il en lui prenant la main, mon vieux ne sait pas qu'il est en train de périr, il pense qu'il va se rétablir, mais c'est quelque chose que les spécialistes ont déjà jugé, il pourrait avoir des soupçons et son martyre serait pire. C'est pourquoi je veux faire comme si tout était réel, il me connaît et il sait que j'étais très sociable et que je sortais beaucoup avec mon ex, alors si je change de cette façon, il pensera que c'est un plan macabre de ma part et il me fera faire fortune.

Après avoir dit cela, il a pris Harriet par la main et l'a emmenée sur le balcon à l'extérieur de son bureau, qui donnait sur les montagnes et une partie du lac.

- Mon grand-père aimait ce jardin, en fait, il ne venait pas souvent me voir, il venait les voir et cela me brise le cœur de penser qu'il ne pourra pas les voir refleurir au printemps prochain.

Harriet l'a regardé dans les yeux et il lui a serré les mains, - Je suis désolé, la vie est trop courte.

- Et dire que mon grand-père est l'un des 25 hommes les plus riches d'Amérique et que même l'argent ne peut plus le sauver.

Elle a hoché la tête avec un peu de tristesse pour lui. - Elle a ajouté : "Je connais ce processus, quand mon mari est mort, c'était terrible. Vous ne savez pas ce que c'est que de vivre à contre-courant et encore plus quand vous n'avez personne pour vous dire un mot gentil chaque fois que vous rentrez du travail l'âme brisée.

"Je suis désolé, ma femme", pensa James en regardant à quelques centimètres de ses joues rouges et de ses jolis yeux, voulant l'embrasser, mais il luttait contre ce sentiment qu'il n'aurait jamais pensé ressentir un jour : l'amour.

- L'as-tu aimé ? - demanda-t-il soudain. Elle éluda la question pendant quelques instants, puis répondit. - Ce qui me blesse le plus dans son départ, c'est qu'il n'a jamais su pour Fiorella, je veux dire qu'il n'a jamais su qu'elle serait une fille.

- Je suis vraiment désolée.

Ne t'inquiète pas, je m'en suis remise avec l'arrivée de mon bébé", murmure-t-elle, la voix sur le point de se briser.

- Ne pleure pas", dit-il en la serrant tendrement dans ses bras.

- Parlez-moi de lui.

Elle a regardé vers le bas et a dit : "Comment ?

- Tous.

- Ah, c'est bon. Je l'ai rencontré dans l'usine où je travaillais, il était chef de ligne et je travaillais dans l'équipe, c'était vraiment un travail difficile et il était toujours gentil avec moi, il m'aidait même dans mon travail, ce qui n'était pas sa place. Petit à petit, nous sommes devenus de bons amis jusqu'à ce qu'on en vienne à se faire la cour, et nous nous sommes "mariés" en union libre. Il était très gentil, non seulement avec moi, mais aussi avec les gens qui avaient besoin d'aide, il se mettait en quatre pour les aider.

Il serra les dents et fit semblant de sourire, mais au fond de lui, il n'aimait pas l'idée qu'il y ait un autre homme devant lui. C'était un sentiment qui l'envahissait de plus en plus, et cela le dérangeait ; il était clairement en train de se prendre d'affection pour Harriet Brown.

Et tes rêves ? - demanda-t-il.

- Beaucoup ont disparu quand il est parti, d'autres étaient impossibles à réaliser.

- Mais vous êtes jeune, vous pouvez encore y arriver.

- Je sais, mais mes priorités ont changé depuis la naissance de Fiorella. Et maintenant que je fais partie de votre famille pour un moment, je dois remplir la mission, et les rêves viendront plus tard", dit-il d'un air un peu mélancolique.

- Maintenant que je te regarde de loin, je n'ai pas vu cette cicatrice sur ton front, Harriet,

- Moi, mais où ? - C'est sur ta joue", dit-il malicieusement jusqu'à ce qu'il s'approche suffisamment pour l'embrasser passionnément. Cela refroidit Harriet au point qu'elle sentit une poussée d'adrénaline dans son estomac.

- Pourquoi as-tu fait ça ? - Je m'entraîne.

C'est alors que la mère de James entre, l'air très peu amical.

- James tu devrais être avec ton grand-père, il t'attend depuis un moment, - merci maman, à bientôt mon chéri.

Harriet, sans réfléchir, dit-il, je vais à la cuisine. Rappelez-vous, j'étais en train de préparer le muffin.

Elles sortirent toutes deux en même temps et laissèrent Mme Sully avec son amertume, Harriet n'aimant pas l'idée de rester seule avec sa belle-mère. Hélas, au bout de quelques minutes, Sully arriva.

- Quel gâteau fais-tu ? - demande-t-il froidement.

- Un apéritif pour le dîner.

Elle est immédiatement partie en trombe vers la chambre de sa fille, ne voulant pas être avec elle.

Et elle y est restée pour ne pas se heurter à son mari qui la poussait de plus en plus contre le mur, c'est-à-dire qu'elle franchissait la limite de l'amour.

Enfin, c'est délicieux, se dit-elle en sortant la pâte du four.

Puis elle emmena son bébé dans les magnifiques jardins derrière la maison qui s'étendaient sur environ 300 mètres, - ma Fiorella, au moins nous profitons de ces vues magnifiques, bientôt je t'emmènerai au lac, entre-temps regarde ! n'aimes-tu pas cette fleur violette, le bébé sourit et elle coupa une fleur, - elle pensa - cela va durer peu de temps, mais au moins c'est une expérience que je n'oublierai jamais. Je sais que cela ne durera pas toujours, mais avec les économies réalisées pendant tout ce temps, nous pourrons manger. Quand ce rêve sera terminé, même si c'est un mensonge, c'est pour le bien de M. Hermès. À la fin, la Cendrillon que j'ai toujours été reviendra, mais tant que nous resterons des princesses", dit-elle en portant sa fille dans les airs et en tournant dans le jardin.

Les heures passent, comme la veille. Une fois l'enfant épuisé, elle le met dans son berceau et va prendre un bain dans la chambre de son mari, qui, à sa grande surprise, n'est pas là. Elle enfila une robe vert émeraude qu'elle avait achetée et se dépêcha de descendre pour préparer le dîner. Dans la grande salle se tenait James, vêtu d'un T-shirt sans manches. Elle le regarda bouche bée, la masculinité que James dégageait était telle qu'elle la fit fondre intérieurement,

- Je pensais être en retard", dit-elle faiblement.

- Vous arrivez juste à temps. - Puis il l'examine d'un air narquois : "Tu es superbe, cette couleur te va à merveille.

Elle regardait timidement James par moments, comme elles seules le font, c'était inhabituel de le voir sportif, mais il était super sexy. Après le dîner, la mère de James lui a ordonné - nous devons aller chez mon père - bien sûr maman, mon amour vient avec nous tout de suite,

Harriet a envie de dire "je n'irai pas" mais c'est son devoir.

Vous avez gardé votre petit secret très bien gardé, et vous avez mis votre femme enceinte avant de vous marier, mais pas du tout, vous ne m'avez rien dit sur le fait d'avoir une héritière, cela me rend très nerveux, mais je dois vous dire félicitations !

Harriet rougit et regarde James qui lui tient tendrement la main.

Ah, c'était une surprise, grand-père", dit-il ironiquement.

Mais, mon fils, comment est-il possible que tu m'aies caché quelque chose d'aussi important, j'étais en bonne santé à l'époque, j'aurais pu partir. Il était temps que tu l'amènes à la maison, d'ailleurs, si je n'avais pas dit à l'un des serviteurs de me l'amener, je ne l'aurais jamais rencontrée. Je me suis pris d'affection pour le bébé, et je ne l'ai regardé qu'une seule fois," dit-il, "alors j'ai parlé à mon avocat et j'ai ouvert un compte pour elle.

Harriet a jeté un regard choqué à son mari et lui a serré la main.

- Non monsieur, vous n'avez pas à faire ça, vraiment, mon mari nous donne assez, d'ailleurs c'est lui qui doit recevoir cet argent, pas nous.

- Jeune fille, c'est mon argent et je peux l'utiliser comme bon me semble. Ma petite-fille aura sa part, c'est la seule que j'ai, et personne ne m'arrêtera.

- Mamie, ce n'est pas nécessaire, interrompit James, je peux me permettre de dépenser des millions avec Julieth, ne penses-tu pas que je pourrais le faire avec ma femme ?

Mme Sully l'interrompt avec agacement - "Quoi ? A un père étranger, comment peux-tu faire semblant de la quitter.

Ma fille, tu sais très bien que tu as trop, alors j'ai le droit de donner à qui je veux, j'ai forgé l'empire et je peux le donner à qui je veux, en plus, c'est mon arrière-petite-fille, ce n'est pas une étrangère, l'argent va à elle, pas à sa mère", a-t-il condamné.

Il ne s'attendait pas à ce que son grand-père veuille laisser une part de l'héritage à la fille d'Harriet, pensant qu'elle était sa fille.

- Tu ne la trouves pas mignonne, James, ton bébé ? - demande Grand-père à l'air.

- Bien sûr, répondit-il ironiquement, il a mes yeux.

Chapitre 19

- D'ailleurs, il te ressemble comme un bébé,

Harriet avait envie de rire, mais elle se retint uniquement parce que la mère de Jacques était là. Fiorella ressemblait vraiment à Louis et pas du tout à Jacques, et il semblait que le vieil homme regardait des choses qui n'étaient même pas pertinentes.

- Ma fille, dit Hermès en riant et en se tournant vers Sully, vous êtes une grand-mère très joviale.

Elle le regarde avec des yeux furieux, mais sourit à moitié.

- Si tu le dis, papa. Ça ne ferait pas de mal de l'emmener faire du shopping pour qu'elle puisse s'habiller", commente-t-il d'un ton acerbe.

- Ce n'est pas mauvais, c'est bon pour James de passer du temps avec elle, sinon cela refroidit l'amour avec les femmes, souvenez-vous que votre mari vous a quittée pour cela, je crois.

En entendant cela, Mme Sully changea volontairement de sujet, elle était désolée que son père ait dit cela devant sa belle-fille, qui n'était pas sa sainte dévotion, Harriet la regarda avec surprise, elle n'aurait jamais pensé qu'une dame comme Mme Sully aurait pu souffrir une telle chose, la voyant si belle et confiante.

Soudain, deux domestiques arrivent dans le mess avec du thé et le gâteau qu'Harriet avait préparé quelques heures plus tôt ; ils le servent et tout le monde s'en régale.

- Je dois avouer que c'était encore plus délicieux que d'habitude, Martha.

Lorsqu'elle est sortie, le chef a répondu en rougissant : "Non, madame, ce n'est pas moi, c'est la dame, la femme de votre fils.

Lorsqu'il a entendu cela, il a failli le recracher, mais a fait semblant de continuer à le goûter - et qui lui a donné la permission d'aller tester des recettes ? C'est pour cela que nous avons le service.

- Ne commence pas, maman, elle a le droit de faire ce qu'elle veut, c'est sa maison, respecte-la.

Le lendemain matin, Harriet et Jenny, l'experte en image, se sont rendues dans l'un des centres commerciaux les plus chics de la ville pour acheter des vêtements pour la soirée.

Je vois que vous avez une belle silhouette", dit-il alors qu'ils entrent dans une boutique de luxe.

- Merci, je n'ai pas l'habitude de ces endroits", dit-elle un peu gênée. - Regardez Harriet, cette robe rouge est de chez Dior, essayez-la ! - dit-elle. - Harriet, toute nerveuse, s'apprête à entrer dans l'une des cabines d'essayage, quelques secondes plus tard elle en ressort - oh comme vous êtes belle, elle vous va comme un gant, avec cette robe vous serez le centre d'attention - dit-elle, - nous ne les portons pas.

- Mais quel est le prix de Jenny ? J'ai l'impression qu'il est très élevé,

- Elle n'est pas chère contrairement à celles de l'autre côté, je l'ai adorée, je pense que c'est la robe idéale pour aujourd'hui.

- Bon marché ?

- Ujum.

- Cinq mille dollars, c'est peu pour une seule robe, laissez tomber !

- Je connaissais l'ex-petite amie de votre mari, elle portait ces robes tout le temps, et elles coûtaient généralement plus de 10 000 dollars.

- Trop d'argent, et comment était-elle ?

- Elle était jolie, pas plus que vous, elle était très impolie, ce que je vous remercie de ne pas être.

Harriet a été un peu jalouse en entendant cela, puis elles sont allées essayer d'autres choses, comme des colliers et du maquillage.

- Vous m'avez impressionné, Mademoiselle, vous êtes beaucoup plus modeste qu'elle", a déclaré l'expert en image.

- Pour vous, cela semble être une modeste somme de 15 000 dollars", a-t-il chuchoté,

- Pour votre mari, ce n'est rien, il porte des costumes de marque importés d'Italie dont le prix peut atteindre 12 000 dollars.

- C'est de la folie,

- Tu vois, c'est comme ça que sont les millionnaires. - Oh, oh", acquiesce Harriet avec incrédulité.

Il lui semblait ridicule qu'ils dépensent des sommes exorbitantes pour de simples chiffons. Elle trouvait aussi incroyable que Jacques, si riche, l'ait choisie pour représenter sa femme, même si c'était faux, car il avait sûrement eu des aventures avec des mannequins. Et elle se sentait laide.

Arrivée à la résidence de Sun Lake, Harriet s'est sentie redevable des énormes cadeaux offerts par son mari et a entrepris de balayer une grande partie des pièces sous le regard étrange des médecins qui avaient l'habitude de se promener soudainement dans les pièces du fond. Vers deux heures de l'après-midi, ignorant que son mari était arrivé plus tôt avec des avocats, il monta à l'étage et la regarda nettoyer vigoureusement sa chambre.

- Vous n'êtes pas la bonne, que je sache, n'est-ce pas ?

- Toi ? si tôt", dit-il d'un air mécontent.

- Certains investisseurs viennent de partir.

- C'est à ça que sert le service, ma chérie. Tu n'as rien à faire.

Harriet a refusé et a dit : "J'arrête. Et bien sûr que non, ce n'est pas juste que tu aies dépensé ton argent dans une robe à 15 000 dollars pour moi, tu sais ce que ça veut dire ?

- Non...

- Eh bien, une demi-année de travail, James, tu ne peux pas dépenser ton argent pour moi, ce que tu me donnes chaque mois est suffisant, crois-moi.

- Chérie, c'est ce que je dépense habituellement pour des cafés avec mes partenaires. Allez, ne sois pas comme ça, tu es ma femme et tu mérites cela et plus encore", a-t-il dit en plaisantant.

- Tu ne changes pas James le même sourire de garçon", dit-il en quittant la pièce avec l'aspirateur et les produits de nettoyage.

- Je vais prendre une douche...

- Puis-je me joindre à vous, Harriet ?

- Non, idiot", dit-il en plaisantant, "nous sommes des amis, James ne joue pas avec ça".

- Ah ! j'oubliais, ne prenez pas au sérieux les paroles blessantes de ma mère, elle est toujours comme ça, orgueilleuse et narcissique, c'est difficile de lui faire comprendre, mais je ne peux pas la faire fuir, parce que c'est son père et qu'elle veut passer ses derniers moments avec lui, comprenez-la.

- Elle acquiesce, - ne t'inquiète pas, j'essaierai d'être aussi soumise que possible.

- Je vous laisse et vous remercie.

À 16 heures

- Harriet, allons au lac, c'est agréable au soleil, viens avec moi pour que tu puisses faire connaissance", dit-elle en souriant et en portant des vêtements de plage.

- Aujourd'hui ?

- Oui, pourquoi pas, le bébé est déjà réveillé et c'est une belle journée.

- D'accord, si vous le dites, mais comme ceci.

- Oui, suivez-moi.

Quelques secondes plus tard, elle tenait le bébé Fiorella dans ses bras et il la câlinait - c'est le plus beau bébé moxa. - Le bébé souriait tout le temps.

- Regarde James a souri, ça ne lui ressemble pas.

- Elle est aussi belle que toi", avoue-t-il en regardant ses belles lèvres.

- Arrêtez James, ne faites pas semblant.

-Mais bien sûr, vous êtes belle.

- Elle, mais pas moi.

Chapitre 20

- Allez, arrête de t'inférioriser, tu es plus belle que toutes les personnes que j'ai rencontrées, tu as un grand cœur.

Quelques minutes plus tard, ils traversèrent le jardin jusqu'à la deuxième série de marches menant au lac, puis jusqu'à la petite jetée de 100 mètres qui traversait une partie du lac.

- Wow, c'est magnifique, la vue d'ici est incroyable, regardez combien de manoirs il y a là-bas. C'est magnifique. Quelle chance vous avez, et ces yachts, ne me dites pas ça....

- Ils sont à moi, je vous promets que nous irons bientôt faire un tour sur ce yacht.

-J'aimerais bien, Fiorella a l'air d'aimer ça aussi, elle a voilé sa petite dent en riant.

-Elle est magnifique.

- Voulez-vous le charger ?

- Je ne sais pas comment porter les bébés, l'autre fois j'ai failli le faire tomber.

- Allez, il ne vous mordra pas.

- Ce n'est pas grave. - Elle met ses bras dans le vide à cause de son manque d'expérience. -Elle rit : "Tu ne sais pas, à ton âge, tout le monde sait comment te porter et te regarder.

Il devint nerveux et avoua, - car il n'avait jamais porté de fille auparavant.

Personne n'imaginerait quelqu'un comme vous dans la rue, célibataire et sans enfant. Je suis sûr que vous êtes très recherchée.

Alors qu'il finissait de dire cela, une des serveuses est arrivée avec des boissons.

- M. James,

Il s'est retourné - oh ! Drinks....

- Sa mère m'a demandé de l'amener ici, il regarde par la fenêtre.

- Je l'ai déjà regardé... Citlalli, remercie ma mère.

- Et ce compliment de votre mère ?

- Ses propres affaires, c'est certain.

Après cela, James s'est adossé à la base en bois du pont où ils étaient assis, - tu connais Harriet.

- Dis-moi", dit-elle en s'asseyant et en regardant vers le bas.

—Vous m'avez impressionné hier.

- Moi ! Mais qu'est-ce que j'ai fait ?

- Ce qu'a dit ma grand-mère, sur le fait de laisser une partie de l'héritage à notre fille. Et comment tu as refusé, à ta place n'importe qui d'autre n'aurait pas hésité à l'accepter et ensuite à se battre avec moi pour la fortune, et toi sans aucun intérêt tu as dit carrément non, c'est inhabituel maintenant.

- Ce n'est pas une question d'argent, c'est une question de valeurs James, je ne suis pas une mégère, et en plus ma fille n'est pas absolument consanguine de ton grand-père, et bien, ce serait très mal de ma part, et ma conscience ne le permettrait pas.

- J'ai essayé de me retenir de lui dire la vérité, et seulement parce qu'il semble excité à l'idée d'avoir une arrière-petite-fille. Ce qui me surprend, c'est ta mère, même si elle me déteste de ne pas lui avoir dit.

- Non, peut-être qu'elle ne t'aime pas, mais non... Je ferais du mal à ma grand-mère en lui disant la vérité.

- Et pour changer de sujet, James, je ne t'ai jamais vu te promener par ici, ou bien es-tu comme tous les riches qui ne profitent pas de ce qu'ils ont.

- Je n'ai tout simplement pas le temps ces jours-ci avec cette histoire d'entreprise, cela prend trop de temps.

- Et les loisirs ?

- J'aime la boxe, l'alpinisme et l'exercice physique. Je me souviens que lorsque j'étais en Italie, je faisais du ski.

-Je n'avais pas pris de vacances depuis des années.

- Vous devez le faire", dit-il, surpris.

- À 17 ans, vous étiez probablement au lycée, puis à l'université. Moi, je travaillais dans une usine de 6 heures à 18 heures et j'avais à peine le temps de profiter de la vie.

- Mais vous m'avez dit que vous viviez à New York avec votre tante.

- Lorsque j'ai atteint l'âge adulte, il ne m'a pas mis à la porte, mais il m'a dit d'aller chercher un endroit plus grand, que sa maison n'était pas un hôtel.

- Je suis désolé, c'était plus difficile que je ne l'imaginais", dit-il en la regardant avec admiration pour la femme formidable qu'il avait en face de lui et plus capable encore que lui, que la vie avait été plus facile.

- Je vois que c'est une région riche, et votre manoir, d'après ce que je peux voir, est le plus grand.

- Apparemment, les Walters vivent là-bas, l'une des familles les plus riches, et ils ont une chaîne de supermarchés. Nous avons eu des problèmes dans les affaires et nous avons rompu nos relations.

- Pour l'argent ?

- Pas du tout, c'est une fille qui est devenue obsédée par moi.

- Vraiment", dit-elle en le regardant d'un air malicieux.

- Oui, regarde-toi, tu as l'air d'un top model, qui ne te remarquerait pas ?

James la regarda en souriant, car au fond de lui, il se sentait de plus en plus amoureux d'elle, qui lui donnait parfois des sueurs froides et lui procurait d'étranges sensations dans la poitrine.

- Et vous qui avez tout, dites-moi quel est votre rêve, je veux dire quelque chose que vous voulez faire et que vous n'avez pas réalisé ?

Il tourna les yeux sans lever la tête du parquet - et dit sans réfléchir. - Emmène ma femme au lit et fais-lui l'amour.

Elle était tellement choquée qu'elle ne savait pas si elle devait sourire, se mettre en colère ou dire un mot. Comment était-il possible, se demandait-elle, qu'elle, mère célibataire et d'une beauté normale, puisse provoquer quelque chose, au moins physiquement, chez ce bel homme qui avait eu beaucoup de femmes à son niveau.

Pour tenter de dissiper la scène, il salive et sourit.

- Et que veux-tu que je dise James, avec ta proposition inhabituelle, oui, eh bien ma réponse est non, oublie ça, je ne suis pas n'importe qui.

- Non, c'était une blague", a-t-il rectifié, "ne me prenez pas pour un maniaque, hey ! Pourquoi fais-tu cette tête ? - Je pensais que tu me manquais de respect, dit-elle comme une adolescente, ayant l'impression d'être à son premier rendez-vous et de se battre.

- Il se fait tard", dit-il en se redressant, "il est temps que Fiorella fasse sa sieste, sinon elle va pleurer.

Il a tenu le bébé pendant que sa mère se levait, elle l'a regardé tendrement et lui a dit - James, tu sais comment tenir les bébés, - grâce à toi Harriet, et je l'ai appris en quelques minutes. Puis ils sont entrés dans la maison.

Elle se sentait comme une adolescente avec des papillons dans le ventre en sachant que cet homme qui avait tout, la trouvait sexy malgré son expérience avec des femmes célèbres. Elle se sentait comme la plus belle femme du monde.

Alors qu'il rentrait dans la maison, la mère de Jacques se tenait debout avec un groupe de femmes apparemment de la haute société, puis elle se leva et s'approcha du couple. Mon fils, fais plus attention à ton grand-père, je voulais te dire quelque chose", dit-elle, "tu ne dois pas passer trop de temps avec eux, ce ne sera pas pour longtemps". Elle ajouta froidement.

Harriet se sentit désolée pour lui lorsqu'elle se souvint de ce qu'il avait dit, à propos de l'enfance de James, qu'il avait voulu plus d'amour que d'argent, surtout de la part de sa mère, qui était très égoïste et le traitait froidement depuis son enfance, peut-être par dépit pour son mari qui l'avait quittée après la naissance de l'enfant.

Au fond d'elle-même, Harriet se sentait protégée par son mari comme elle l'était par sa mère. Elle aimait ces moments où il lui donnait l'impression d'être sa femme et lui faisait parfois des compliments, comme celui d'il y a quelques instants où James lui avait dit en plaisantant qu'il voulait l'emmener dans son lit.

- Je vais lui donner un bain", a-t-il dit.

- Si vous le souhaitez, je peux vous accompagner.

- Vous ?

- Oui, - Pourquoi pas ?

- Puisque vous insistez, allez-y. -.

Au bout d'un moment, comme une belle famille, James donnait le bain à sa fille, enfin à celle d'Harriet, et jouait avec l'eau de l'immense baignoire en éclaboussant la petite Fiorella. Pendant quelques secondes, Harriet a laissé James jouer avec elle et a imaginé pendant quelques secondes que le père de sa fille était lui et non son ex Louis. Son plus beau rêve s'est réalisé pendant quelques secondes dans cette scène. Mais, ensuite, il retombait et elle se disait comme un tic que c'était temporaire et qu'il ne fallait pas se faire trop d'illusions car ce serait pire pour ses émotions.

Qui ne voudrait pas être mariée à un prince comme lui, mignon, millionnaire et aimant. Toutes les femmes ne me laisseront pas mentir. Et elle ne fait pas exception à la règle.

Dès qu'elle eut fini de le baigner, une des servantes entra. -. Pardonnez mon intrusion, monsieur, mais M. Hermès vous demande de partir avec Fiorella.

- Merci Fanny, j'arrive tout de suite.

- Voulez-vous vous joindre à moi ?

- Non, dit-elle sans même y penser, ton grand-père veut juste que vous soyez présents tous les deux, laisse-moi juste lui mettre son petit manteau.

-Je pense que c'est parfait.

- Il suffit de la tenir fermement pour qu'elle ne tombe pas, bien qu'elle prenne de plus en plus confiance chaque jour parce qu'elle ne pleure plus.

- Tu ne penses pas que je peux gérer ce petit ange", dit-il en se plaçant devant elle. L'entreprise que je dirige est l'une des plus grandes d'Europe, tu ne crois pas que je peux m'occuper de cette petite chose ?

- Si tu la connais, elle peut te mettre dans de bonnes dispositions. Je le taquine en rougissant. -.

La soirée passe vite, James sort à moitié nu, une serviette enroulée autour de la taille, traverse la pièce et tombe sur sa femme qui s'apprête à descendre pour le dîner.

- Oups, désolé Harriet, je ne pensais pas que vous étiez là, je vais me changer ici, ne vous inquiétez pas, - rappelez-vous que j'ai été mariée et que cela ne vous paraît pas étrange, je vais me retourner et vous vous changerez pendant que je regarderai cette robe.

Jacques enfila rapidement ses sous-vêtements, ne voulant pas lui manquer de respect car il savait qu'un jour Harriet accepterait d'avoir quelque chose à faire avec lui. - Tu peux te retourner maintenant", prévient-il.

- Et cette robe que vous tenez dans votre main ?

- Je l'ai acheté ce matin, qu'en pensez-vous ?

Si tu veux, je me retourne et maintenant tu changes, -. dit-il,

Les hommes sont plus enclins à la vue et il s'agit probablement d'une de tes trappes," dit-elle. Il insista.

- Je ne le ferai que si vous me le promettez.

— La promesse de l'ours. - Il a dit.

Alors qu'elle mettait sa robe, il lui a demandé.
- Et vous, James, avez-vous été avec votre petite amie comme ça ?
- Non, j'en ai eu plusieurs, mais je ne partage généralement pas de chambre dans ce genre de situation.

Chapitre 21

- Je ne pense pas que tu sois une sainte, ne me dis pas que tu es vierge", dit-elle en riant, en se retournant et en enfilant la robe moulante qui lui allait à merveille.

Il la regarde d'un air malicieux et lui sourit avec extase.

- Ai-je l'air d'un père de cathédrale ?

- Non, mais je ne pense pas non plus que vous soyez... comme la vierge de 50 ans, n'est-ce pas ?

- Non.

- Et vous, avez-vous eu des relations sexuelles, comme je le vois, avant de vous marier, Harriet ?

- Hé, ce sont des choses personnelles, je ne répondrai pas aux détails de ma vie intime.

- Pourquoi, n'es-tu pas mon épouse ?

- Non. Seulement que personne ne décide à ma place des choses qu'ils sauront sur moi, d'ailleurs, je te rappelle que nous sommes seuls, laissons tomber ce faux, nous serons toujours faux -. il a condamné.

- Qui a dit que nous ne pouvions pas être quelque chose ?", a-t-il chuchoté alors qu'elle lui montrait ses vêtements qu'elle avait enlevés.

Elle n'a pas répondu.

Il termina de mettre ses chaussures et pensa un instant que ce n'était qu'une question de temps avant qu'Harriet ne l'accepte. Même s'il ne voulait pas l'accepter, Jacques commençait à avoir trop envie d'elle. Il ne la considérait plus comme une amie, mais comme une femme charmante.

Pour la première fois, James se sentait un vrai homme d'avoir une femme comme Harriet, il se sentait heureux, même s'il savait que tout avait été arrangé. Le manoir lui semblait enfin être sa maison, et non une simple demeure vide et luxueuse. - J'aimerais qu'elle reste pour toujours", pensa-t-il pendant quelques instants.

Quand elle est sortie de chez elle, Harriet était assise sur le lit et il l'a regardée avec des yeux pleins d'amour et lui a dit : "Hé, je me sens heureux.

- Pourquoi ?

- J'ai l'impression, je ne sais pas, que la présence d'un bébé me rend heureuse.

- Eh bien, quand tu seras marié, tu pourras en avoir autant que tu voudras, ils seront probablement magnifiques", dit-elle en le regardant avec des yeux tendres. Elle commente en le regardant avec des yeux tendres.

Il réfléchit un instant et révèle : "J'ai toujours voulu avoir des enfants quand j'étais plus jeune, mais la bonne ne s'est jamais présentée, les petites amies que j'ai eues étaient toujours vides et creuses.

-J'aurais aimé avoir Fiorella à ton âge, mais avec un emploi stable pour leur donner le meilleur, mais tu sais, les choses arrivent pour une raison.

Je t'admire, Harriet", dit-il.

- Qu'est-ce que tu vas m'admirer, j'ai presque ton âge et je n'ai rien accompli.

- Pourquoi dites-vous cela ? Avoir une princesse comme Fiorella est la plus grande réussite que l'on puisse avoir.

- Bien sûr, évidemment, mais je voulais dire que tout a une conséquence, je veux dire qu'il aurait été plus agréable de tout accomplir avant sa naissance, mais c'est la vie.

- Eh bien, tu peux encore réaliser tout ce que tu as décidé de faire, je suis là pour te soutenir dans tout ce que tu entreprends.

Elle le regarda dans les yeux et il prit sa main, avala sa salive et sentit un feu électrisant sur sa peau, - Merci.

- Il se lève et dit, en essayant de changer de sujet. - Le dîner sera prêt James, allons-y.

Ce soir-là, au dîner, les regards et les commentaires de la dame n'eurent aucun effet sur elle, il semblait qu'à chaque fois, l'attirance qu'ils ressentaient tous les deux dissipait toutes ces choses. Elle ne pensait qu'à dormir à nouveau dans le lit de James, et elle était terrifiée à l'idée de dépasser les limites dans son sommeil, et si elle se rapprochait trop de lui et qu'il l'endormait, cela la terrifiait, mais en même temps, cela l'excitait trop. Elle commençait à avoir envie des caresses d'un homme et de lui ressembler, mais elle se fiait à sa parole de ne pas franchir cette barrière. Bien qu'une partie de sa tête lui dise d'accepter, une autre lui dit que cela violerait la fidélité de son défunt. Bien qu'elle n'ait pas beaucoup d'expérience dans le domaine de l'érotisme, James semblait en avoir à revendre.

- Qu'est-ce qui te préoccupe ? - demande James.

- Rien.

- Vous aviez l'air trop réfléchi. - Puis tu as reçu un appel important et tu es sorti.

Elle baisse les yeux, reste seule dans la pièce et croise le regard de la mère de James de l'autre côté de la table du salon.

Sans réfléchir, il lui a demandé, juste pour ne pas avoir à endurer ces moments de silence gênants. Madame Sully, allez-vous vous joindre à nous demain pour la réunion de votre fils ?

-Il l'a regardée avec indulgence et a répondu avec frivolité : "Oui, bien sûr, j'irai, c'est pour le travail, et puis mon père est très exigeant et j'accompagne toujours mon fils à ce genre d'événements.

Harriet secoue sournoisement la tête en signe d'inconfort.

Mais ne vous inquiétez pas, ma fille", a-t-il ajouté, "les réunions durent généralement six heures, mais pour votre bébé, vous pouvez venir plus tôt, aussi bien mon chauffeur que Michael, que vous connaissez.

À ce moment-là, Jacques est revenu, et de quoi parlent-ils ?

-De la réunion de demain.

- C'est pour cela que vous avez fait du shopping avec Jenny, l'experte en image ?

-C'était mon idée, ma mère, c'est un événement important pour les investisseurs et je serai vu avec ma femme, ce qui est généralement un avantage psychologique.

-J'espère que vous avez choisi une bonne robe", s'est vantée la dame, "ce n'est pas un eventucho comme le font les gens d'ici, et des petites robes bon marché.

Agacée, Harriet rétorque : "Eh bien, croyez-le ou non, je sais comment m'habiller pour l'occasion", la regardant d'un air cinglant pour sa défiance.

- Eh bien, ne pense même pas que tu vas porter n'importe quels vêtements Harriet, c'est un événement important et en regardant les robes que tu portes habituellement, tu ne peux pas y aller comme ça, c'est de très mauvais goût.

Demain, mon mari décidera s'il veut que je l'accompagne", répondit-elle avec colère.

-C'est bon Harriet, je ne pense pas que ma mère l'ait fait exprès, elle veut juste t'aider.

Elle se lève et va directement dans la chambre, furieuse de cette petite scène avec Mme Sully, "elle est insupportable, juste parce que je ne suis pas de sa classe, elle passe son temps à faire des bêtises, et ce qui me manque maintenant, c'est de ressentir cette passion pour son fils".

Elle se changea, mit sa robe de chambre et sortit dans la chambre de sa fille, elle dormait paisiblement et l'espace d'un instant son courage se dissipa et elle s'assit même à côté du berceau, la tendresse de sa mère était telle qu'elle lui fit du bien.
-Un jour, tu regarderas ton père, mon amour.

À sept heures du matin, les rayons du soleil ont réveillé Harriet. Ce jour-là, lorsqu'elle ouvrit les yeux, c'était spécial : assis à côté d'elle, il y avait James, avec son visage sensuel et ébouriffé caractéristique et son torse nu, ses yeux bleus la gênaient, et que dire de son abdomen sculpté comme les dieux, et de ses pectoraux puissants. - Comment vas-tu ? Comment t'es-tu réveillée ?

Harriet ressent une émotion troublante à sa vue, une sorte de feu dans le bassin qui la fait errer et bafouiller parfois, mais surtout rester prudente.

Bonjour James, je pensais..." murmura-t-elle, avalant sa salive pour humidifier sa gorge sèche à cause de ses nerfs et se mordant inconsciemment les lèvres, voulant s'enfuir ou mettre l'oreiller sur son visage.

-Je pense qu'il est trop tôt, Mademoiselle.

-Je ne peux plus dormir.

Ce mouvement les rapprocha tellement qu'Harriet pouvait sentir l'odeur de James et se sentir sur le point de le toucher, il était si irrésistible, ce corps d'homme, comme les top-modèles dans les magazines. -Il était si irrésistible, il était si irrésistible", se dit Harriet. -Elle ne cessait de se répéter alors qu'elle était submergée par ces sentiments d'adolescente.

- Qu'est-ce que c'est ? dit-elle avec enthousiasme.

-C'est un collier et je veux que tu le portes ce soir, ce sera une soirée spéciale.

Comme tu es mignon, wow, c'est magnifique, mais s'il te plaît, James, arrête de m'acheter des choses", dit-elle nerveusement, essayant de s'éloigner et de l'empêcher de le mettre autour de son cou, mais en vain.

-Elle s'assit sur le bord du lit et James derrière elle, assis sur ses genoux sur le lit, elle sentit son souffle sur son cou et l'odeur de son corps tandis que ses mains parcouraient son long cou, sa respiration s'accéléra tellement que même James s'en aperçut.

-Tu vas bien ? demanda-t-il en finissant d'attacher son collier.

-Il répondit sans savoir ce qu'il disait.

Mais la ruse et la sensualité de James l'ont emporté à un moment donné, - Harriet, assieds-toi, - elle a obéi puis a pris ses mains et a lentement embrassé sa bouche, elle a obtempéré et s'est laissée emporter par l'enchantement de l'instant. La sensualité des lèvres de James était à cet instant impossible à résister, jusqu'à ce que quelqu'un frappe à la porte. Elle se leva d'un bond et se frotta les lèvres, regardant autour d'elle, incrédule d'avoir fait cela.

-Je suis désolée, dit l'infirmière, le bébé a déjà faim, je ne voulais pas la déranger, je pensais qu'elle dormait, mais elle s'est mise à pleurer, j'arrive tout de suite", dit Harriet en sortant dans le couloir d'un pas ferme.

Je serai en bas, l'avertit-il dans son dos, je serai avec toi pour le déjeuner.

Elle a saisi les bras de sa fille et est repartie tremblante après cette scène. Elle savait que si elle continuait à tomber amoureuse de James à ce point, il n'y aurait pas de retour possible, ce serait dangereux. Elle pensait qu'il était fort probable qu'il ne la regarde que par passion et non par amour, alors elle se disait à chaque instant d'éviter de telles scènes pour ne pas tomber de plus en plus dans la provocation.

Après le petit-déjeuner, elle a mis ses masques et s'est préparée toute la journée pour le grand soir, en accompagnant son mari et la dame. La robe rouge et le décolleté plongeant ont attiré beaucoup d'attention, en raison de la sensualité d'Harriet et de ses escarpins de style moderne qui lui donnaient une allure spectaculaire. La robe rouge lui arrivait au-dessous des genoux, ce qui lui donnait une touche de sensualité et en même temps d'élégance, et mettait en valeur ses yeux gris. La chaîne était assortie à ses cheveux d'un blond éclatant. Et ses taches de rousseur mettaient en valeur sa beauté exotique encore plus que d'habitude. Il était temps de descendre car l'heure du départ approchait, elle redoutait de descendre et de s'attendre aux critiques assassines de sa belle-mère, et plus encore de son mari qui l'attendait sûrement dans une tenue éblouissante. Mais comme elle n'était pas experte en maquillage et autres, elle s'est quand même lancée. Certaines cuisinières lui avaient déjà dit qu'elle était parfaite, mais elle ne pouvait pas trop compter sur les compliments des femmes, et elle décida donc de descendre.

Au fond de la pièce se trouvaient les domestiques, et James était assis à côté de sa mère, en train de parler. Lorsqu'il apparut devant elle, James la regarda avec des yeux mystérieux qui lui étaient propres et qui la mirent en confiance tout au long du trajet. James portait une Levita noire qui le rendait super beau et élégant, avec quelques nœuds et ornements et des chaussures marron, sa coiffure était comme celle de Johnny Deep, super masculine.

-Wow", dit James. Il regarde sa mère, puis croise le regard d'Harriet : "Tu es fabuleuse,

Il était temps que tu descendes", marmonne sa belle-mère. Puis il la regarde avec indifférence alors qu'il la bombarde de la tête aux pieds.

La dame portait une robe noire de créateur et des bijoux d'une valeur d'un million de dollars, l'exemple parfait d'une dame experte dans ce genre d'événements sociaux.

Dépêchons-nous, le chauffeur nous attend", a-t-il déclaré.

Alors qu'il s'avance vers le porche où se trouve sa voiture de luxe, James prend Harriet par la main et ils partent avec Michael comme chauffeur.

Chapitre 22

Avant tout cela, James avait dit au revoir à son grand-père. Et Harriet avait dit au revoir à sa petite fille qui serait soignée par l'infirmière Benny.

La dame était furieuse des regards que la robe d'Harriet allait susciter, trop sexy et osée à son avis, mais elle n'y pouvait rien, car son fils avait adoré l'allure de la femme. A vrai dire, Harriet n'a pas pris à cœur les remarques cinglantes de sa belle-mère ce soir-là.

C'était une belle nuit claire, pleine de lumières bleues qui donnaient une touche romantique à la soirée. La dame s'était déjà rendue à l'hôtel Huslock, l'hôtel le plus exclusif de la ville de Seattle. James s'assit en face d'Harriet et le chauffeur démarra. Lorsqu'ils arrivèrent, l'endroit était bondé de gens qui aimaient voir des personnes élégantes et célèbres défiler à l'entrée de l'hôtel Huslock.

Ils ont défilé dans l'entrée principale. L'endroit était gigantesque, magnifiquement décoré et tellement luxueux qu'à un moment donné, Harriet s'est sentie minuscule parmi des gens qui étaient manifestement des millionnaires et des femmes en robes de soirée. Il y avait des tables distinguées et toutes sortes de décorations pour égayer l'atmosphère, ainsi qu'une immense scène pour les discours, sans doute. De plus, de nombreuses servantes étaient éparpillées, ce qui lui rappelait son ancienne vie. La mère de Jacques s'approcha et s'adressa aux Louxor, des hommes d'affaires propriétaires de chaînes de services, "Wow, ta mère connaît beaucoup de monde ici", commenta-t-elle, impressionnée.

-Ma mère est connue dans la haute société depuis son plus jeune âge, dans de nombreux États de ce pays.

Peu lui importait que la dame l'ait complètement ignorée et qu'elle soit passée à côté de cette puissante famille, en fin de compte, elle se disait : pourquoi se sentir mal si elle ne faisait que son travail. Leur mariage ne durerait pas éternellement.

Prenons un verre, que voulez-vous, Harriet ?

- Je n'ai pas bu de vin depuis des années, qu'en dites-vous ?

-Cela me va très bien", acquiesce James.

Ils se sont ensuite dirigés vers les tables principales, devant la scène, et beaucoup l'ont salué en disant "M. James Marshall", alors qu'il tenait manifestement la taille de sa femme qui se dirigeait vers les sièges. Elle se sentait merveilleuse, anxieuse et aimée pour la première fois depuis des mois. Elle se demandait ce que cela ferait de se faire embrasser par James et de sentir des parties d'elle qui ne sont généralement pas touchées en public. - Je reviens tout de suite", dit Jacques en allant chercher le vin.

-James regarde. Derrière vous.

Que se passe-t-il là-bas ? James se retourne et regarde.

-Le sénateur des démocrates, c'est ça ?

-Oui, c'est mon ami, je te le présente ? dit-il. Elle baisse les yeux, "Non, il m'a juste impressionné, je n'aurais jamais imaginé que tu puisses rencontrer des personnalités de ce type.

Dans les affaires, chérie, tu connais tout le monde, la politique va de pair avec les affaires", a-t-il marmonné. Alors qu'il s'assoit. -La société Marshall est l'une des plus grandes au monde et je connais beaucoup de monde à Hollywood.

Bien sûr, je suis sorti quelques fois avec son manager et lui, pour les affaires", a-t-il dit.

J'ai hâte de le rencontrer", murmure-t-elle en plaisantant. James plaisante : "Voulez-vous m'échanger contre lui ?

-Bien sûr que non, imbécile.

Un peu plus tard, James a proposé à sa femme d'aller danser, elle a accepté sans réfléchir et ils se sont dirigés vers le centre où des personnes influentes et puissantes dansaient avec leurs partenaires, la plupart d'entre elles ayant moins de 45 ans. Harriet se sentait comme dans un film de Cendrillon, où James était le prince charmant et elle la princesse. Ils ont commencé à danser romantiquement sur la chanson "I will always love you" de Whitney Houston, elle était collée à lui, sentant ses mains sur sa taille et une autre sur sa main, elle sentait sa respiration proche, elle était surprise de voir à quel point il était doué pour la danse, alors elle s'est laissée emporter dans cette atmosphère romantique. Au milieu de la chanson, James lui chuchota à l'oreille : " Tu veux passer aux choses sérieuses ?

Elle s'est étouffée et a heurté maladroitement son tibia avec son pied, puis a voulu se redresser et - a-t-elle dit - Comment ? je n'ai pas compris.

Il l'a repris et ils ont continué la chanson, -excusez-moi pour cette surprise, je devais le dire, -James, vous m'avez fait peur, sans blague.

Je ne plaisante pas, mademoiselle", dit-il en la fixant d'une manière qui la fit trembler involontairement.

Je sais que tu as des sentiments pour moi", a-t-il révélé alors que débutait la chanson de Céline Dion "My heart will go on".

- Qu'est-ce que tu as dit ? dit-elle en détournant le regard et en rougissant tellement qu'elle en a les jambes molles.

Elle se demanda immédiatement comment James avait pu savoir qu'elle ressentait cela pour lui, alors qu'elle ne lui avait donné aucune raison de s'en douter - elle se le demanda plusieurs fois, alors qu'elle vacillait par moments et que les bras puissants de son mari bien-aimé lui enserraient la taille.

-Je sais Harriet, je sais que tu as des sentiments pour moi, mais tu ne veux pas le montrer.

-Ne dites pas cela James, je n'ai jamais dit cela, ce ne sont que vos suppositions.

- Suppositions ? oui votre regard et votre respiration à chaque fois que je m'approche de vous disent tout, mademoiselle, je connais les femmes et je ne suis pas stupide.

Elle voulut se précipiter dans la salle de bain, mais essaya de se retenir du mieux qu'elle put tout en profitant de cette belle chanson, et James pour sa part cessa d'insister, se laissant prendre par le moment alors qu'il sentait son corps s'accrocher au sien. De toute évidence, ils étaient en train de devenir le centre d'attention pour être les plus beaux physiquement et dans le style.

Lorsque la chanson "Kiss in the rain" de Yimura a commencé, il lui a dit : "Tu es la seule femme qui me donne ce sentiment, celui de vouloir te tenir la main ou d'aller me promener au bord du lac, sans penser à aller au lit", il l'a regardée dans les yeux et l'a embrassée tendrement sous les regards envieux d'ex qui étaient là. La mère de James les observait de loin avec un regard meurtrier, elle savait que ce mensonge prenait de l'ampleur et elle n'aimait pas ça.

James, pourquoi m'as-tu embrassé ? Tu n'as pas à prétendre que tu ne connais personne ici qui le dira à ton grand-père, n'est-ce pas ?

Je t'ai embrassée parce que je le voulais", a-t-il répondu avec fermeté à .....

- Je ne veux pas faire ça", a-t-il dit alors que la danse se poursuivait.

Au fond d'elle-même, elle n'aimait pas l'idée que pour James, il ne s'agisse que de sexe, mais elle aimait se sentir ainsi et être traitée de la sorte.

Il l'a regardée avec ses yeux pénétrants, "Je n'ai jamais cru à ta première réponse", a-t-il dit, "tu ne crois pas que ce serait bien de partir maintenant, on y arrive, mais on pourrait...".

Non James, nous commençons à peine la danse, et puis, c'est trop de spectacle pour aller faire du shopping et ne pas profiter de la fête", a-t-il dit.

Il acquiesce et murmure : "Je suis d'accord, mais nous ferons alors ce que font les maris.

Entendre cela lui donna un frisson, comme lorsque vous vous ennuyez et que quelqu'un vous invite à sortir, elle s'excita et ses joues devinrent rouges. Elle savait que ce n'était pas une bonne chose, mais elle avait toujours été une bonne fille, pour la première fois elle s'aventurait, que pouvait-il arriver ? Tomber amoureuse et souffrir comme une idiote pour l'amour de quelqu'un d'inaccessible.

Ce soir-là, James l'a présentée depuis le pupitre à tous les millionnaires qui se sont empressés d'applaudir et de féliciter l'homme d'affaires le plus riche de Seattle pour son beau mariage.

James, avez-vous déjà emmené l'épouse bien-aimée de votre grand-père à des événements de ce genre ?

-Bien sûr, mais heureusement, j'ai compris le mensonge à temps et je ne me suis pas mariée.

Elle enfourna un sandwich dans sa bouche et marmonna : "James, n'oublie pas que notre relation n'est qu'un leurre.

Il compatit avec elle en buvant une gorgée de champagne - moi ? nous sommes des adultes.

A part cela, tu as été le meilleur mari, qui n'exige rien", sourit-il avec hésitation.

Chapitre 23

-Oui, je sais, mais tout peut basculer, n'oubliez pas que les liaisons ne font pas d'une femme une épouse ou, comme le disent les gens normaux, une affectueuse ou plutôt une maîtresse.

Elle avala sa salive et se mordit les coins de la bouche, sa peau passant du rose foncé au rouge canneberge sous l'effet de la nervosité.

Soudain, alors que la chanson se termine et qu'ils s'arrêtent de danser, une femme arrive en tant que mannequin et s'approche d'eux.

Eh bien, eh bien, M. Marshall", dit-il en s'approchant du couple.

C'est une blonde étonnante, grande, d'allure russe, avec un accent français, dont les yeux violets fixent l'homme d'Harriet qui, comparé à l'autre femme, n'est pas en reste.

- Julieth, dit-il d'une voix ferme en l'embrassant sur la joue, je ne m'attendais pas à te voir ici, dit James en lui adressant un sourire malicieux.

"Je n'oublierai pas les souvenirs que nous avons eus dans cette réalité, car dans l'autre réalité, nous les reprendrons" Arnut E.

- Je le pense aussi, mais vous avez sans doute été plus surpris, car c'est vous l'homme d'affaires, dit-il, et moi je vais très bien, je suis venu accompagner votre mère, c'est elle qui m'a invité.

- Qu'est-ce que c'est ? - s'écrie-t-il, - ma mère ne m'a jamais dit cela.

- Les secrets des femmes", sourit-elle, "nous avons beaucoup de choses à nous dire, James", dit-elle d'un ton provocateur.

- Je suis avec toi, mais à propos de quoi ? - dit-il en s'éloignant d'elle d'un pas.

- James, je me suis déjà excusé auprès de toi il y a des mois, le truc avec ton grand-père sur le fait que je t'épousais pour ta richesse, au début je l'ai accepté, il l'a admis, mais qui ne tomberait pas amoureux de toi, en dehors de l'argent. Il n'est pas nécessaire d'être riche pour attirer l'attention d'une femme, tu as tout. C'est comme ça que je t'ai rencontré. D'une certaine manière, je suis reconnaissant à ton grand-père pour cela.

C'était la jeune Julieth qui s'était d'abord fiancée à James et avait passé un accord avec son grand-père pour le "rendre mature" et quelque peu responsable, mais James l'avait découvert et s'était séparé avant qu'ils ne se marient. Mais cette femme était également magnifique, dans le style d'Harriet, mais avec un ton plus européen, une peau de porcelaine et d'olive, des yeux comme ceux d'Elizabeth Taylor et un corps sculpté.

Harriet est jalouse de la beauté de Julieth et encore plus du fait qu'elle a partagé son amour, elle a envie de l'attraper par les cheveux et de l'entraîner, mais elle se retient.

- James, tu oublies tout ce que nous avons vécu, tu crois que c'était faux ? - souligne-t-il en regardant Harriet d'un air froid et mesquin.

- J'ai été manipulé par ton grand-père et c'est pour ça que j'ai agi comme ça à un moment donné, mais je t'aimais et je sais que tu m'aimais aussi, je l'ai senti dans chaque baiser, admets-le, tu m'aimais aussi, une femme sait quand un homme l'aime.

- Je suis désolé Julieth, je suppose que tu as entendu ou que ma mère t'a dit ; j'ai déjà épousé Harriet et je te la présente", a-t-il dit avec assurance.

Elle lui lance un regard haineux et sourit faussement.

- Bien sûr, tout le monde sait que vous avez épousé cette femme de chambre", dit-il d'un ton moqueur.

Harriet ne s'est pas laissée faire et l'a répliqué sans ménagement.

- Au moins, j'ai gagné ma vie, contrairement à d'autres qui ne sont que des chasseurs de fortune, et n'oubliez pas que je suis maintenant l'épouse de M. James Marshall, je suis sûre que vous l'enviez.

Elle la regarde et sourit, ravale sa fierté et change immédiatement de sujet.

- Regarde, voilà ta mère James.

La dame est arrivée en embrassant et en saluant pompeusement Julieth qui a su lui rendre la pareille.

- Chérie, tu es magnifique, tu attires tous les regards.

- Merci chulis, tu es fabuleuse aussi, je t'ai appelé aujourd'hui, mais tu n'as pas répondu.

- Excusez-moi ma chère, je n'étais pas à ma résidence aujourd'hui, je suis avec mon père au manoir de Lago Sun, et il arrive que les femmes de chambre n'écoutent pas.

- Je vois, Sully, que tu devrais engager une autre femme de ménage", dit Julieth d'un ton mordant, indirectement, pour faire une remarque à Harriet.

- Eh bien, tu es la bienvenue Julieth, il faut que tu viennes nous rendre visite, ce ne serait pas mal pour mon père qui a beaucoup d'estime pour toi.

Harriet se dit intérieurement : "Pas là, n'y pense même pas, paire de lézards". Mais soudain, Harriet regardait fixement la belle Julieth et pensait que le millionnaire sexy était en train de changer ses plans à cause de son apparence et regrettait de ne pas avoir accepté Julieth, car de toutes les filles qu'il avait vues ce soir-là, elle était spectaculairement la plus belle, plus belle que James ne l'avait décrite au début. En comparaison, elle n'arrivait pas à la cheville de Julieth, se disait-elle, et à un moment donné, elle s'est même sentie laide. C'est bien de dire bonjour", dit Julieth. "Allons-y, ma chérie", dit la mère de Jacques alors qu'ils tournaient le coin avec elle et plaisantaient avec quelques personnalités.

"James, je ne veux pas te perdre", dit la voix d'Harriet à l'intérieur d'elle, puis elle secoua la tête et cligna rapidement des yeux, et cette stupide pensée obsessionnelle disparut. C'était quelque chose qu'elle ne voulait pas ressentir, elle ne voulait plus jamais être séparée de ce bel homme.

- Allez, j'aime bien cette chanson", s'exclame-t-il en terminant son apéritif et en attrapant la main d'Harriet, qui la tire sournoisement.

- Qu'est-ce qu'il y a, tu ne veux pas retourner à... ?

- Non", dit-elle sur un ton parfois colérique.

- Pourquoi ?

- Je n'en ai plus envie, peut-être parce qu'il est trop tard.

- Il est à peine 23 heures et la fête ne fait que commencer.

- Je veux nourrir Fiorella.

- Maintenant ? elle dort paisiblement, elle se réveillera le matin.

Je veux juste rentrer", murmure-t-il.

James sourit malicieusement, - ah, je sais, jaloux, non pas que tu n'aies pas de sentiments pour moi.

- Ce n'est pas ça James, arrête de plaisanter, dit-elle en souriant d'un air malicieux comme une adolescente lors de ses premiers débordements. Elle ne voulait pas paraître immature comme une enfant, mais elle ne pouvait s'empêcher d'être méfiante.

- Wow, elles veulent toutes t'épouser maintenant James, et cette fille ne fait pas exception.

- Elle est réticente à l'admettre, mais c'est fini entre nous depuis longtemps.

- Eh bien, tes yeux étaient très attentifs à elle", murmura-t-il d'un ton de reproche.

- Elle est belle, je ne peux pas le nier, mais oublie Julieth, maintenant tu...

- Oublie-la ! car elle ira bientôt rendre visite à ton grand-père, et autant que je sache, il l'a souhaitée pour toi.

- Quand elle apprendra que nous avons un bébé, elle sera résignée", dit James.

- Ta mère ne lui a pas dit ?

- Non.

- Parce que je me disais James, si cette femme découvre que ma fille n'est pas ta fille, elle dira la vérité à ton grand-père et cela le tuera pour lui avoir menti.

- Ma mère ne dira rien et en ce qui me concerne, elle non plus, notre plan se poursuivra, et si vous ne voulez plus le supporter, ce sera chacun pour soi.

- Oh, et j'oubliais, ce que nous avons convenu tout à l'heure tient toujours", lui rappelle-t-il.

James l'a emmenée danser sur "up where we belong" de Joe Cocker.

- Arrêtons cette discussion, dansons sur cette ballade, c'est une de mes chansons préférées. Quand je t'ai rencontré dans les années 94, je ne t'aimais pas en tant que fille, mais j'ai adoré cette chanson, disons qu'elle représente notre amitié.

Elle se sentait minuscule face au style et à la beauté écrasante de Julieth, et se sentait amoindrie chaque fois qu'on l'appelait servante et qu'elle n'avait pas vécu de telles choses, ce qui lui faisait mal.

Chapitre 24

- Wow, tu ne m'avais pas dit ça", dit-elle en le regardant avec de grands yeux tendres, faisant semblant de cacher son insécurité.

Même s'il savait qu'elle était la femme, quelque chose lui disait que si cette femme, Julieth, avait été là dans ce buffet-bar ce soir-là, il ne l'aurait sûrement jamais demandée en mariage, peut-être l'avait-il fait dans un accès de rage, vous voyez ce que vous savez. Le problème, c'est qu'elle était déjà dans la boue et qu'elle ne pouvait pas s'en sortir, elle devait coucher avec lui.

Tard dans la nuit et après avoir passé des moments incroyables et d'autres plus amers, James lui a rappelé.

Chapitre 2 5

- Allons-y, nous avons quelque chose à faire.

Elle se fit toute petite, elle avait envie de le faire, mais en même temps elle ne le faisait pas. Le simple fait de regarder Julieth lui donnait un sentiment d'infériorité, d'autant plus qu'elle serait la troisième sur la liste. Il était clair que cette femme n'allait pas quitter Jacques, juste comme ça, et il était clair qu'elle était déterminée à l'épouser.

À ce moment-là, Mme Sully arrive.

- Fils, je vois que tu t'en vas aussi, - oui mère, nous étions sur le point de partir. James prit les deux femmes par la main et sortit à l'extérieur où leurs chauffeurs respectifs attendaient.

- Julieth est partie il y a un moment, elle n'a pas voulu dire au revoir à cause de la scène avec votre..., mais demain elle ira probablement au manoir pour parler, j'espère que votre femme ne se fâchera pas, il n'y a pas de raison de...", murmura-t-il.

- Vous connaissez notre accord, madame, je n'ai aucune raison d'être en colère", répondit Harriet en continuant à marcher, "je ne possède rien là-bas, et je n'ai aucune autorité pour dire qui y va ou n'y va pas.

- Je suis désolé maman, mais tu vas recevoir Julieth, ma femme et moi allons nous promener avec le bébé, demain c'est dimanche et le temps sera parfait pour aller à la montagne.

- C'est grossier James, elle a toujours été bonne avec toi, et le moins qu'elle mérite, c'est de le recevoir.

- Maman, je suis mariée, n'oublie pas.

- Mais c'est faux.

- Peux-tu parler moins fort ? - dit-il, agacé, en se tournant sur le côté au cas où quelqu'un qu'il connaissait ne viendrait pas.

- Désolé.

- Ne dites plus jamais cela", a-t-il rétorqué avec colère.

- Demain, j'irai dans les montagnes pour me promener avec Harriet, compris ?

Elle fronce les sourcils à contrecœur et part avec son chauffeur.

- Merci James, de ne pas avoir passé un autre mauvais moment avec votre ex... trop....

-Ne vous inquiétez pas, il fait froid ici, montons à l'étage.

Dans la voiture en marche, ils regardaient tous les deux par la fenêtre les immenses bâtiments du centre-ville de Seattle, dans une ambiance romantique. - James, chuchote Harriet, tu ne crois pas que tu as été un peu grossier avec ta mère ? Je veux dire que tu as parlé plus fort que d'habitude,

- Non Harriet, - ma mère a toujours été dure, mais elle n'a pas à se mêler de mes affaires, alors que tout ce que je fais est la meilleure chose possible pour tout le monde, d'ailleurs, si elle veut que Julieth parte, alors c'est à elle de s'occuper d'elle, je n'ai plus rien à voir avec elle, elle a fait partie de ma vie, mais plus maintenant, c'est du passé.

- Mais si vous avez accepté de l'épouser, c'était pour une raison, n'est-ce pas ?

- Qu'avez-vous dit, vous êtes d'accord avec quelqu'un qui prétend vous aimer, mais qui ne veut que vos millions ?

Elle fronce les sourcils et murmure, en se tournant vers l'autre côté de la fenêtre : "Eh bien, ce que nous faisons, c'est à peu près la même chose.

Elle n'aimait pas l'idée que James se servait d'elle pour faire passer sa mère et cette nouvelle fille pour des idiots.

- Hé, pourquoi ta mère est-elle toujours aussi indifférente, ou est-ce juste parce que je suis un obstacle dans sa famille ?

- Ne dis pas ça, ma mère a beaucoup changé d'après ce que m'a dit mon grand-père, c'est depuis qu'elle m'a conçu, elle n'aimait pas être enceinte, c'est pour ça que mon père l'a abandonnée. Et elle l'aimait et cette amertume l'a toujours tirée vers le bas, elle l'a rendue froide.

- Non, ne dis pas ça, elle est peut-être froide, mais elle t'aime.

- Car leur "amour" a toujours été ainsi, très distant.

- Le fait est que mon père a disparu un jour et n'est jamais revenu. D'après ce que disent mes tantes, mon grand-père l'a menacé, bien que j'en doute, mais, en fin de compte, ma mère savait d'abord où il était, mais à cause des menaces de mon grand-père, elle s'est éloignée, son amour n'était pas assez fort pour le suivre, elle préférait son confort à la vie avec l'amour de sa vie, mais la pauvre.

- Je suis désolée James que tu n'aies pas pu rencontrer...

- C'est bon, c'était il y a des décennies et je ne ressens plus rien pour mon père, s'il est encore en vie.

-Mais c'était une chose difficile pour ta mère je suppose, enfin c'était son amour. On voit que ça l'a affectée. Ses attaques sur tout... c'est un signe qu'elle n'est pas très heureuse. - James a pris la main de Harriet et a fait des caresses imaginaires sur sa paume avec son doigt pendant que la voiture descendait l'avenue Nation Street, - Qu'est-ce que tu fais James ?

- Une fois, je suis allée en vacances sur une île africaine et le chaman m'a dit que les filles qui ont cette ligne en forme de N au lieu du M connaîtront toujours l'amour et seront heureuses ....,

-Ne mens pas, imbécile", dit Harriet en s'abandonnant à l'amour.

- Vraiment, je n'avais pas remarqué votre ligne, en plus d'être si douce. Entre les feux arrière de la voiture, James embrassa tendrement les douces lèvres d'Harriet, qui se laissa faire, puis retourna s'asseoir.

-Nous y sommes presque, chérie.

Elle devint plus passionnée, car elle savait qu'ils feraient l'amour cette nuit-là et cela la faisait trembler, même si c'était faux de sa part, pour elle c'était trop réel. Ils entrèrent dans la maison, Harriet alla voir son bébé qui dormait et ne voulut pas la réveiller, elle alla donc directement dans la chambre où James l'attendait.

- Es-tu prêt ? - demande-t-il à celui qui n'a déjà plus de chaussures et ne porte qu'une chemise rouge transparente.

- Je n'ai jamais rien fait de tel, je veux dire, être avec quelqu'un si vous ne...

- Ne dis rien", dit-il en posant lentement son doigt sur ses lèvres. Shhh, ne dis rien.

Il l'a ensuite serrée dans ses bras et elle s'est mise à trembler, montrant sa nervosité.

- N'ayez pas peur, il n'y a pas lieu de trembler.

- C'est juste que", dit-il, ne sachant que dire. -.

Elle a ressenti une poussée d'adrénaline inhabituelle qu'elle n'avait jamais connue avec un Louis de cette envergure, une chaleur extrême qui l'a presque fait s'évanouir et dont les pores se sont hérissés d'excitation. Puis ils commencèrent à s'embrasser. Et la nuit commença pour eux.

Lorsqu'elle a ouvert les yeux très tôt le matin, les sentiments sont remontés à la surface, elle a commencé à se souvenir de tout ce qu'elle et lui avaient vécu la nuit dernière. Elle s'est sentie aimée pour la première fois, ne serait-ce que dans son esprit.

Elle s'est alors retournée et James était immobile, les yeux fermés, endormi comme un bébé. Elle l'a regardé avec stupéfaction et s'est souvenue que cet homme lui avait fait l'amour comme son mari ne l'avait jamais fait auparavant. Elle en avait des étoiles plein les yeux et se sentait capable de faire des choses nouvelles qu'elle n'avait jamais imaginées. Elle souhaitait ardemment que cela se reproduise encore et encore.

Elle voulait se lever tranquillement car elle allait voir son bébé, quand soudain il a ouvert les yeux.

- Où va ma reine ?

Elle s'est figée et les couleurs lui sont montées aux joues. "Bonjour, comment vas-tu ?", a-t-il demandé en lui prenant la main et en l'embrassant en guise de salut.

Elle a fait de petits yeux et a répondu d'une voix douce - OK, j'arrive.

- Où ?

- Quel idiot je suis, dis-je, avec... Fiorella.

Tout le monde va sûrement penser que nous avons fait l'amour", se dit James, "pourquoi ne pas le refaire ?

- Il est déjà trop tard, nous avons dormi trop tard la nuit et regardez l'heure, ne vous inquiétez pas, je me suis réveillée la nuit et j'ai dit à Francesca de donner le lait maternisé au bébé, ne vous inquiétez pas, elle l'a déjà emmenée dans le jardin pour prendre un bain de soleil.

- Merci beaucoup", dit-elle, l'air changé, "prenons le petit déjeuner.

Il acquiesça en lui prenant la main et ils sortirent.

- J'avais oublié, il faut vite prendre le petit déjeuner, on va partir, je ne veux pas voir la tête de Julieth, une fois qu'elle sera arrivée il sera impossible de partir, elle est insupportable.

- Après le petit-déjeuner.

- Nous irons dans ma voiture jusqu'aux montagnes", a-t-il dit.

- Votre chauffeur ne partira-t-il pas ?

- Manifestement non, nous sommes les seuls à y aller.

- Et ta mère ? - demande Harriet. - Elle est à l'étage avec ma grand-mère, elle n'a pas voulu descendre, elle est de mauvaise humeur, c'est typique de ma mère.

Ils ont passé toute la journée dans les montagnes de Seattle. Ils se sont amusés comme des fous, la petite Fiorella a adoré voir la nature et les sentiers, elle ne voulait pas revenir en arrière pour son visage.

- Quelle beauté, James, merci de nous avoir emmenés ici.

- Tu n'as pas à me remercier pour quoi que ce soit. Je meurs d'épuisement, regarde le bébé s'est endormi", dit-il alors qu'ils prennent l'autoroute pour rentrer chez eux. Ils arrivent à la résidence et s'endorment, tous deux dans le même lit, comme deux vrais amoureux.

Au bout d'un moment, ils descendirent tous pour prendre le thé et, à leur grande surprise, Mme Sully et Julieth sortirent de l'un des salons de la maison, au fond de la pièce. James n'en revenait pas, et encore moins Harriet, qui était échevelée et en redingote. James avait l'air d'un de ces types qui, même s'ils ne se peignent pas, ont l'air élégants.

- Les tourtereaux se lèvent à peine", dit Mme Sully.

-Ma fille pleure déjà, je vais la nourrir", dit Harriet pour partir et éviter une dispute certaine, "et ce bébé ? - demanda Julieth alors que Harriet avançait dans l'escalier, - elle ne répondit pas.

James secoue la tête en souriant, et la servante apporte des verres de cidre.

- Chérie, pourquoi fuis-tu ton amie Julieth ? -dit Mme Sully.

Harriet a aperçu James assis à côté de Julieth dans un coin d'une pièce à l'étage, ce qui l'a rendue grincheuse. "Il va se lasser de moi et ils reviendront", se dit-elle. - Regarde-toi, Harriet", se dit-elle en se regardant dans le miroir de la salle de bains, "tes cheveux ont toujours besoin d'être repassés pour être à moitié jolis, mais elle n'est même pas habillée comme ça aujourd'hui et elle est mille fois mieux que moi.

Une demi-heure passa, et au fond d'elle-même, elle mourait de jalousie, car il semblait très souriant avec Julieth. Son subconscient lui disait parfois qu'il avait encore des sentiments pour cette femme, et qui n'en aurait pas ? Avec une telle beauté, il réalisait aussi que, même si elle était amoureuse, cela ne lui donnait aucun pouvoir sur lui, ils n'étaient rien de plus que de vieux amis, qui grimpaient dans une relation amoureuse. Triste, mais vrai, et au bout du compte, ce serait un de plus sur sa liste, au fur et à mesure que les choses avancent. Car s'il ne montrait pas de rejet à son égard, il ne montrait pas non plus d'amour, si ce n'est son excitation. Typique des hommes.

Soudain, l'une des domestiques frappe à la porte du hall - Miss Harriet, M. James m'a demandé, si vous avez un moment de libre, d'emmener le bébé chez M. Hermès, il est maintenant réveillé.

Elle a acquiescé qu'elle irait, - ah ! j'oubliais, ce qui manquait, et que la vieille Julieth prendrait quand même un bain et resterait à dîner. C'est qu'elle est détestable.

- Merci, Carmen", dit-elle d'une voix étouffée, en fronçant les sourcils et en pensant qu'elle allait devoir supporter cette gonzesse et, pour aggraver les choses, aller avec M. Hermes, qui ne l'aimait pas beaucoup non plus. Harriet se rendit compte que James, bien qu'il fût son grand-père, avait du mépris pour lui, ou du moins l'appréciait subtilement, peut-être à cause de la dureté avec laquelle il l'avait traité au sujet du mariage. Les rancœurs sont parfois présentes dans la famille.

Harriet prend le bébé dans ses bras et se rend nerveusement dans la chambre du maître. - Entre, ma fille.

Elle s'approcha du fauteuil situé à quelques centimètres du lit du vieil homme, - monsieur, dit la femme de chambre qui m'a appelée.

- Oui. D'après ce que je vois, vous êtes allé vous promener, c'est ce que ma fille m'a dit, vous vous débrouillez très bien avec votre bronzage d'après ce que je vois.

Elle a acquiescé - nous sommes allés à la montagne, c'était l'idée de son petit-fils.

- C'est bon pour le bébé, l'air frais de la montagne fait des merveilles. Au fait, mon petit-fils vous a-t-il dit qu'il voulait être... ?

- À quel sujet ?

- Qu'il voulait être marin pour retrouver son père.

- Non, il n'a jamais rien dit à ce sujet. Hier encore, alors que nous nous rendions au gala, il m'a raconté que son père était parti parce que sa fille était tombée enceinte de lui.

- La vérité, ma fille, c'est que je l'ai forcé, je lui ai donné assez d'argent pour qu'il laisse ma fille tranquille, il était de ceux qui ne feront jamais rien de leur vie, il a pris l'argent et il est parti.

- Si c'est le cas, ce que vous avez fait n'est pas très moral.

Chapitre 26

- Qu'avez-vous dit ?

- Que ce n'est pas bien ce que vous avez fait, monsieur.

- Et sur quelle base affirmez-vous cela ?

- Eh bien, rien, seulement James aurait pu avoir un père et vous l'en avez privé. D'après ce que vous me dites, il n'y a pas d'autre responsable que vous, et cela fait de vous un homme méchant.

Il l'a regardée avec des yeux hautains et en colère - il t'a avoué cela... il l'a sûrement fait de manière ingrate pour me faire passer pour le méchant de l'histoire.

- Non, quand il m'a avoué, son regard disait : "J'avais besoin d'un père", pas d'un dictateur comme vous l'étiez avec lui.

- Et si je vous proposais la même chose qu'au père de Jacques, l'accepteriez-vous ou non ? - demanda-t-il avec ironie.

- Je suis prête à répondre à votre offre, monsieur", dit-elle en plaisantant, mais sans que le vieil homme s'en rende compte.

-500 000 $ maintenant...

- De quoi parles-tu ? - James l'interrompt dans son dos, ce qui fait bondir le cœur d'Harriet. Ce n'était évidemment pas vrai qu'elle prenait de l'argent, c'était juste une taquinerie pour le vieil homme.

- Nous vous laissons, nous allons dîner, moi et ma femme.

- Attendez, vous savez quoi James, je viens de proposer une somme à votre femme pour quitter la maison, et vous savez quelle a été sa réponse ?

Il s'est retourné pour la regarder avec effroi, donnant du sens à la dernière chose qu'il a entendue en entrant dans la pièce - est-ce vrai, Harriet ?

- Non, bien sûr.

- Ne mentez pas, jeune fille, vos yeux ont brillé quand je vous ai demandé combien vous vouliez.

James n'est pas surpris, car ils l'avaient déjà fait auparavant ; ils avaient conclu un accord pour de l'argent.

- Julieth est trop bien, petit-fils, pour les servantes", murmura-t-il tandis que le visage d'Harriet s'empourprait de rage, mais elle se retint de l'insulter.

- Mon amour, as-tu accepté une offre de mon grand-père ?

- Non, je voulais juste le faire, pour voir jusqu'où irait sa malveillance, vu ce qu'il m'a dit sur le mariage de tes parents, il était évident qu'il voulait faire la même chose avec nous.

- Ne dites pas de bêtises maid, c'est un couple qui décide, pas des langues étrangères, ma fille ne savait pas comment gérer sa relation.

- Ce n'est pas vrai, vous l'avez forcée à choisir entre le père de James ou rester dans la rue, c'est ce que vous avez fait, vous avez détruit le bonheur de votre fille et celui de votre petit-fils.

- Vous ne savez pas ce que vous dites, ma fille a été prise par la folie de l'amour et a choisi un maçon ou un marin comme partenaire, pensez-vous que notre famille, Marshall étant l'une des plus riches du monde, accepterait si peu ? Eh bien, la réponse est plus qu'évidente, mais malgré cela, je n'ai rien fait, réfuta-t-il, la respiration haletante.

James se méfiait, il écoutait la discussion animée.

- D'ailleurs quand j'ai offert de l'argent au père de Jacques, il a accepté volontiers, crois-tu qu'un homme qui aime ta mère Jacques ferait cela ? Bien sûr que non, un homme qui aime sa femme ne va pas accepter de l'argent, même si c'est beaucoup de désir, cette femme devrait quitter Jacques ; elle a accepté la proposition, elle ne t'aime manifestement pas, c'est faux. Petit-fils, d'après ce que Julieth m'a dit ce matin, même si elle a accepté mon offre d'argent, je vois qu'elle est vraiment amoureuse de toi, elle semble plus mûre maintenant, donne-lui une chance.

- Je ne vais plus discuter monsieur, je quitte la maison tout de suite avec ma fille, j'en ai marre d'être dans des scènes comme ça, c'est pas grave, j'emmène ma fille avec moi.

- Vous êtes fou, mon arrière-petite-fille ne quitte pas cette maison.

- Vous ne connaissez pas le contexte, M. Marshall, Fiorella n'est pas...

- Harriet, arrêtez.

James l'a fait taire en lui attrapant le bras et en la tirant vivement hors de la pièce.

- Qu'est-ce que tu as, ne sois pas bête, tu veux tout gâcher en racontant ces bêtises. Tu étais sur le point de tout gâcher", dit-il, agacé.

- Vous prenez son parti en sachant qu'il a essayé de me soudoyer pour que je parte, wow ! Quels remerciements je reçois.

- Tu sais bien que j'ai une famille éloignée, mais ils ne veulent que l'argent de ma grand-mère, je ne peux pas lui reprocher tout, tu ne vois pas qu'elle est en train de mourir.

- J'en ai assez Jacques, je ne sais pas pourquoi tu ne crois pas ce que je te dis, si ton grand-père n'avait pas fait ça, peut-être que maintenant tu serais vraiment heureux avec l'amour de ta vie et que tu aurais de très beaux bébés", dit-elle agacée, en se retournant et en se dirigeant vers la chambre de Fiorella qui se trouvait à une vingtaine de mètres de là. Jacques la suivit, mais elle claqua la porte et ne l'ouvrit pas.

Elle resta immobile à l'intérieur en pensant à ce que l'homme lui avait dit, et en se demandant avec incrédulité comment James n'avait pas réalisé que l'homme avait été si méchant de lui offrir de l'argent pour partir, de manipuler leurs vies selon ses caprices.

Elle ne savait pas pourquoi elle la détestait tant, que ce soit parce qu'elle était une servante ou simplement parce qu'elle avait toujours voulu contrôler son petit-fils, sans interférence.

Au bout d'un moment, maîtrisant ses émotions, elle s'est calmée et a repris ses esprits. Elle savait que si les choses continuaient à se gâter avec Monsieur et Madame, elle n'aurait pas d'autre choix que de partir, sinon elle finirait par tomber malade et l'argent qu'elle avait économisé ne suffirait pas à la guérir. C'est donc cette dernière solution qu'elle a choisie.

Il lui vint à l'esprit de tout préparer pour partir. C'était trop d'être humiliée à cause de son statut social, d'avoir été une servante et d'être pauvre. Elle voulait juste que Fiorella finisse sa sieste et elle partirait. À ce moment-là, James est entré et a chuchoté : "Tu ne peux pas le faire, Harriet, tu ne peux pas le faire.

- Qu'est-ce que tu veux que je te dise James, je le ferai, tu ne peux pas t'en empêcher, si tu le veux, prends l'argent des courses, il est sur la commode de ta chambre. - dit-il d'une voix cassée.

- Allez ! Parlons dehors, je ne veux pas déranger la fille.

Elle ne lui serre pas la main et se dirige vers sa chambre.

- C'était une blague, je n'aurais jamais pris d'argent, et je l'ai fait pour...

- Je sais.

Avant qu'elle n'ait pu terminer le mot, James s'est déshabillé et a enfilé un jean moulant et un T-shirt. Harriet était à la fois en colère et curieuse lorsqu'elle a jeté un coup d'œil à la silhouette de James qui se préparait dans le miroir. Elle évoqua aussi ce qu'ils avaient fait hier soir, ce qui dissipa de plus en plus sa colère.

Ce soir-là, au dîner, Harriet ne dit pas un mot, elle mange en silence, elle n'est heureuse ni avec James, ni avec la maîtresse, et encore moins avec le grand-père.

Elle a écouté tout ce que sa mère a dit sur les voyages et les projets de Julieth. Et elle le disait délibérément pour que Harriet se sente mal et l'humilie encore plus, et elle se contentait d'écouter, en essayant d'effacer tout cela de son esprit. Après le dîner, il prétexta qu'il allait nourrir Fiorella. Il monta à l'étage et resta à la regarder tendrement, "mon bébé". Il se murmura à lui-même : "Je n'ai besoin de personne d'autre, toi et moi allons bientôt partir, loin d'ici... avec ce que j'ai économisé, nous nous en sortirons, au moins pendant un an... assez pour que tu grandisses, ma princesse", soupira-t-il.

- Comme j'aimerais que ton père soit vivant, dit-elle, je pensais que ce serait temporaire, mais ces gens ne changeront pas, ils veulent me rendre la vie impossible et je pensais que James m'aimait, j'ai été idiote, il sera toujours du côté de sa famille et c'est normal, je ne suis personne d'autre qu'une employée.

La jeune fille s'endormit et resta immobile, regardant au loin le coucher de soleil se refléter dans le lac Smith, se rappelant tout ce qu'elle avait vécu avec Louis, qui, bien qu'elle ne l'aimât pas, lui inspirait une immense affection, et au moins se sentait plus en paix avec lui qu'avec Jacques, qui la faisait se sentir comme personne d'autre, mais pleine de moments aigres-doux, à cause de leur faux mariage. Elle savait que, même enfant, il ne la prenait pas au sérieux en tant qu'amie, et peut-être parce qu'ils venaient de mondes différents : elle était de classe inférieure et lui de classe supérieure. Impossible de concilier les différences.

Soudain, James est entré, - Harriet, tu n'as pas à être en colère, je n'ai rien fait, viens avec moi.

Avec une contrariété évidente, elle a répondu - d'accord, - juste pour ne pas se disputer et réveiller sa fille.

Chapitre 27

Quand ils arrivèrent dans la chambre, James l'embrassa, elle ne pouvait pas dire non ce deuxième jour, c'était devenu pour elle comme un charme ses baisers, cela la gênait de se sentir amoureuse de lui pour tout, mais en même temps la passion la saisissait tellement, que seule son odeur, faisait trembler ses cuisses, qu'elle coopérait à tout. Au moins, elle se disait qu'elle allait profiter de lui tant que cela durerait, c'était sa résignation.

Après avoir fait l'amour, ils se sont regardés l'un l'autre, les mains entrelacées, - n'écoute pas ce que disent les autres, Harriet, promets-moi quelque chose, pour que nous ne nous fâchions pas, promets-moi que tu ne me quitteras pas sans avoir terminé ce que nous avons promis, s'il te plaît.

- Promis", dit-elle en se penchant sur son torse et en l'embrassant sur les lèvres. Eh bien, cela en dit long", dit-elle.

- Hé, tu sais, ton grand-père m'a dit que tu voulais être navigateur comme Sinbad quand tu étais plus jeune.

Il prend un air sérieux, - Comment ?

- Votre père était comme ça, il travaillait sur un bateau de croisière autour du monde, un peu comme un chien de mer.

- Est-ce qu'il vous a dit cela ?

- Oui.

- Quand allons-nous faire un tour sur le yacht que tu m'as montré l'autre jour sur le petit quai là-bas ?

- Bientôt", dit-il, et il se précipite vers elle sur le lit pour la câliner.

- Grincheux, tu te mets en colère pour tout.

- Vous êtes pire.

- Moi ?

- Oui, toi plus, plus", dit-il en faisant la moue. - En colère, égocentrique et arrogant.

- Moi ? certains le disent", a-t-il plaisanté.

Après avoir batifolé et s'être embrassés, ils se sont retrouvés sur le dos, regardant l'horizon qui s'assombrissait au fond du lac.

- Vous travaillez dur, James, vous ne vous reposez jamais.

- Mon grand-père était pire, il venait tout le temps jusqu'à midi, cette discipline l'a rendu si riche, mais ce sera différent quand il ne sera plus là, tout changera", avoue-t-il avec un peu de nostalgie.

- Pourquoi ?

Il ne répondit pas, il se contenta de répondre qu'il aurait la liberté de faire de sa vie ce qu'il voulait sans la tutelle stricte d'un autoritaire, de plus il choisirait enfin la femme de ses rêves avec laquelle il ferait sa vie. - Enfin, dormons un peu, la journée a été assez fatigante, dit-il en éteignant la lampe, ha ! dernière chose, demain Julieth reviendra pour que tu sois prêt, bonne nuit.

Les yeux d'Harriet sont écarquillés, elle ne sait que penser, un instant elle veut disparaître, mais la promesse qu'elle vient de faire de ne pas le quitter l'en empêche. Alors elle se dit qu'elle allait au moins faire semblant d'être convalescente pour ne pas voir l'odieuse femme. Elle ferma les yeux et s'endormit.

Vers 8 heures, après le petit-déjeuner, Harriet emmena le bébé dans l'immense jardin. Il n'y avait pas de jardiniers à cette heure-là, elle aimait être seule. James s'est approché, lui disant au revoir un instant, car il sortait pour un moment. Au bout d'un moment, elles jouaient avec les fleurs, mère et fille, assises sur l'herbe, le soleil chaud leur tapant sur le visage. Soudain, un bruit de talons la distraya, elle se retourna et ce fut Mme Sully qui descendait le chemin pavé jusqu'à l'endroit où elles se trouvaient.

Elle déglutit et le reçoit avec un sourire sincère mais sérieux.

- Vous cueillez des fleurs ? - demanda-t-il d'un ton hautain et ironique.

- J'ai demandé à James si je pouvais... c'était juste un couple, je me suis excusé...

- Dommage, elle ne sait encore rien.

- Les bébés apprennent madame, je vois que vous ne les aimez pas du tout.

- Je ne peux pas dire oui ou non, mais je ne supporte pas les pleurs et j'ai tendance à ne pas trop m'en approcher.

- Si vous n'aimez pas ça madame, je comprends, mais je ne pouvais pas nier que vous avez un fils et que c'était un très beau bébé, c'est sûr.

- L'argent permet d'acheter beaucoup de choses, mais pas le temps... J'ai donc eu beaucoup de nounous...

Harriet se demande comment elle a pu dire cela, juste comme ça - ne voulait-elle pas élever James comme une mère ?

Il s'est ensuite dirigé vers des fleurs rouges.

- De très belles fleurs", dit Harriet, essayant de faire la conversation.

- Je suis allergique aux roses, murmura-t-elle, mais je suis venue en couper pour le salon, Julieth les aime bien et je les mettrai dans le vase.

- Oh, je vois, je vois, madame, de très jolies fleurs de ce genre", remarquai-je, mais intérieurement, "ne laissez pas la sorcière venir.

La dame regarda Fiorella un moment et avoua : "Je n'ai aucun souvenir de mon fils James en tant que petit garçon, je me souviens de lui en tant qu'enfant, lorsqu'il jouait dans les jardins de la maison à la Nouvelle-Orléans, il jouait autour d'un bosquet d'arbres à côté du manoir où nous vivons. - Puis elle se tourna pour couper une rose et la placer une à une dans un vase et dit : "Peut-être pensez-vous que je n'aime pas mon fils, à cause de ma froideur, eh bien, laissez-moi vous dire que vous vous trompez, ma fille.

- Si c'est le cas, il peut le déguiser à la perfection", marmonna-t-il.

La dame s'est arrêtée une seconde, mais ne s'est pas retournée et a continué à couper une autre fleur, - Je ne suis pas du genre à embrasser et embrasser, l'amour n'a pas besoin d'être montré de cette façon.

- Oui, mais il est parfois agréable de recevoir au moins une accolade de la part de quelqu'un, une preuve de soutien.

- Tu ne sais rien, j'ai toujours été là, à lui tendre la main.

- Si vous le dites, alors pourquoi a-t-il cherché à m'épouser et m'a faussement demandée en mariage, juste pour faire ce que son grand-père voulait ou au moins le défier, il déteste être traité comme un enfant, d'ailleurs vous devriez le soutenir davantage, nous savons très bien que ce n'est pas réel, je ne sais pas pourquoi il est si déterminé à me rendre la vie misérable.

Mme Sully s'est retournée pendant une seconde, - vous ne savez rien de nous, vous ne savez pas comment les choses se sont réellement passées.

- Je sais madame, mais je vous préviens que je ne partirai pas, même si on me propose à nouveau des chiffres à plusieurs zéros, comme votre père a essayé de le faire.

-Je l'aimais, nous étions très jeunes quand j'ai fait le grand saut, je pensais tout savoir, mais je me trompais. J'ai toujours été millionnaire et quand Jacob m'a dit de partir avec lui, je ne sais pas, je ne voulais pas être pauvre toute ma vie, même si je l'aimais. - Elle murmura pensivement derrière son dos, - mais contrairement à toi, tu as été pauvre, et bien que mon fils soit trop important et convoité, tu l'as fait pour ses millions, tu ne me trompes pas, et tu veux vraiment le cajoler pour le garder après l'accord, - assura-t-elle.

- Je reconnais que vous avez raison, Madame, mais je l'ai accepté seulement parce que j'attendais Fiorella, et puis, ce n'est pas mon affaire, Madame, je ne veux pas discuter, je veux seulement vous avertir que je ne resterai pas longtemps ici, vous aurez bientôt l'esprit tranquille grâce à ma présence, c'est certain - dit Harriet un peu brisée dans son ton de voix, mais en le cachant pour ne pas paraître faible. - La vérité est que j'aimerais qu'il n'y ait pas de frictions entre nous, madame, il n'y a pas de haine de ma part, mais cela m'a rendu la tâche difficile, croyez-moi, je ne complote rien avec votre fils, je vous quitterai quand tout sera fini.

Elle l'a regardée avec moins de haine et lui a dit : "J'aimerais pouvoir dire oui.

Puis, dans une proposition inattendue, Harriet dit : "Mme Sully, voudriez-vous au moins tenir le petit ?

Elle la regarda avec une tête de "Quoi ?", puis secoua la tête comme si elle ne voulait pas, mais accepta. Elle resta quelques minutes avec l'enfant, à lui roucouler dessus, puis, par fierté, elle reprit son sang-froid et la donna à Harriet.

- Je suis en retard", dit-il d'un air circonspect, et il reprit immédiatement le chemin qu'il avait emprunté, hésitant sur la scène qu'il venait de faire.

Au bout d'un moment, James est revenu et ils ont joué sur l'herbe pendant une bonne partie de l'après-midi, comme une famille heureuse.

A 6 heures, Harriet s'est endormie sur le canapé à côté du lit de son bébé. Elle s'est rapidement levée, son bébé dormait encore, mais elle n'arrivait pas à y croire, Julieth, l'ex de James, était arrivée et elle était sur le devant de la scène. Elle mit ce qu'elle pouvait, se coiffa du mieux qu'elle put et se prépara à descendre pour le dîner, ce qu'elle n'avait pas envie de faire. Il y avait plus de monde en bas, et elle était sûre d'être le centre d'attention quand elle descendrait, et elle n'aimait pas ça, surtout qu'elle ne s'habillait pas comme elle le devrait. Elle n'aimait pas non plus l'idée de se retrouver devant cette femme qui faisait sûrement ressentir des choses à son mari, elle refusait de penser qu'ils y retourneraient, mais c'était inévitable, elle n'avait rien à voir avec lui.

Elle serra les dents et descendit, en traversant le salon des invités au fond de la pièce, elle regarda quelques personnes inconnues, mais pas James. Elle se dirigea vers le seul visage familier, la mère de son mari qui la regardait au milieu des rieurs, elle s'approcha de lui et avant qu'Harriet ne puisse lui poser une question, elle le regarda et sourit en se moquant de la tenue qu'elle portait et de son apparence négligée, "ma chère, je suppose que tu connais Julieth", dit-elle d'un ton grotesque.

- Oui, je l'ai regardé hier, Mme Sully.

Elle a souri d'un sourire hypocrite comme celui d'Harriet et l'a saluée.

- Et votre fils, Mme Sully ?

-Au bureau, il a une conversation téléphonique avec quelqu'un d'important", répondit Julieth pour Sully. Après quelques minutes gênantes et les rires des invités, James entra, "Désolé d'avoir mis si longtemps à négocier.

Les yeux de Julieth le dévorent et le pouls d'Harriet s'accélère à la vue de cet homme devant elle, d'autant plus que sa concurrente est là.

- Tu es magnifique, mon amour", dit-il en l'embrassant, puis il salua Julieth qui, experte en manipulation, se leva, l'enlaça et lui donna un coup de pinceau près des lèvres qui enflamma intérieurement la jalousie d'Harriet.

- Merci beaucoup James de m'avoir invité à cette soirée.

- Tu n'as pas à me remercier, c'est mon honneur, d'ailleurs, même si nous ne sommes rien, je te considère déjà comme une bonne amie, dit-il d'un ton sérieux. - Et regarde-toi, tu es super belle.

Harriet mourait intérieurement, comment James pouvait-il ne pas lui dire qu'il était le seul à blâmer et responsable de l'avoir invitée et de l'avoir mise sur la sellette ? Le fait qu'il fixe le sol pendant des secondes lui donnait envie de s'enfuir tellement elle s'y sentait peu. De plus, elle recevait plus de compliments. Évidemment, pour Jacques, cela signifiait qu'elle était séduisante, mais pas en comparaison de la statuaire Julieth.

Elle s'est donc retenue et a profité de la soirée. Elle a été surprise de constater que, pour une fois, ils vivaient tous ensemble sans remarques mordantes et désinvoltes. Bien que les sous-entendus de Julieth aient été évidents tout au long de la soirée, elle a même demandé à James de danser sur des chansons sensuelles et Harriet s'est contentée de sourire sournoisement à ces scènes, qu'elle n'a pas appréciées, mais qui faisaient partie du spectacle.

- J'ai appris en Italie que ton grand-père James était malade, je voulais venir, mais ta mère ne voulait pas, elle m'a dit que son état était stabilisé", murmura-t-il lentement.

- Merci de votre sollicitude, comme je l'ai dit chéri, c'était terrible, mais il s'en remet, il dort généralement la majeure partie de la journée à cause de la dureté de la maladie.

- James, je t'ai déjà présenté mes excuses pour l'erreur que j'ai commise, il ne me reste plus qu'à te dire que je l'ai fait, non pas pour l'argent que tu pensais être mon intérêt, je l'ai fait parce que je t'aime, je t'aime vraiment, crois-moi. Et je m'excuse encore.

La bouche d'Harriet s'est ouverte. - Quel culot", se dit-elle, "comment peut-elle dire ça comme ça, c'est une vraie salope". Pendant une seconde, il pensa à lui tirer les cheveux jusqu'au sol, mais il se retint. Elle devenait experte dans l'art de contenir sa rage.

- J'aimerais lui parler à nouveau, si ce n'est pas gênant pour lui", dit Julieth d'un air narquois.

- Bien sûr que non, chéri, comment peux-tu être une nuisance, dit la dame, tu es toujours le bienvenu, pas comme les autres, je te considère comme un membre de la famille.

James acquiesce.

Nous pouvons aller prendre une tasse de thé et discuter", dit encore Sully.

Harriet l'interrompt sous le coup de la colère - hey James, dis à Julieth que tu envisages d'acheter un yacht géant, pour nous emmener en mer faire une croisière.

La dame leva les yeux en colère et la fixa froidement, son regard meurtrier s'illuminant de seconde en seconde.

- Ne dis pas n'importe quoi, les rêves sont des rêves, ils ne se réalisent pas pour la racaille.

James lui jette un regard en coin et dit : "Est-ce que je viens de dire ça ? Je ne m'en souviens pas.

- Pas exactement, mais avec cela nous aimerions aller en mer seuls, pour profiter de notre amour, je dis, pourquoi pas ?

- Personne n'a besoin d'un yacht si on ne l'utilise jamais, il a déjà échoué plusieurs fois", dit sa mère, "et puis, à ce que je sache, James n'aime pas beaucoup les bateaux, n'est-ce pas, fiston ?

- James a hésité un peu et Harriet a répondu à sa place : - Ton père m'a dit qu'il les aimait, je suppose que c'est parce que son père était un homme d'équipage ou je me trompe.

Chapitre 28

- Je ne savais pas tout cela à propos de votre fils.

- Je ne vous connais que depuis quelques mois, Mme Marshall.

Elle a levé le menton et l'a regardée d'un air méfiant.

- Changeons de sujet, personne n'achètera rien, surtout pas un yacht", dit la dame.

Après quelques instants, ils se rendirent dans la chambre de M. Hermes, Julieth et la dame montèrent à l'étage, Jacques prit sa femme par la main et la réprimanda.

- Il n'était pas nécessaire de dire cela à propos du yacht, quelle en était la raison ?

- Pardonnez-moi, mais je m'ennuyais déjà du fait que j'étais là à chauffer mon siège.

- Tu n'as pas besoin d'aller dire des choses... si tu t'ennuyais, tu serais allé dans ta chambre.

- Avec toi qui m'ignores tout le temps.

- Mais qu'est-ce qui t'a fait croire que je voulais que tu te mêles d'elle, je voulais seulement que Julieth te voie", dit-il, puis il voulut l'embrasser, mais elle refusa. Il lui jeta un regard dur et se dirigea vers l'escalier.

Ah, dit-il du milieu des marches, j'espère qu'il n'y aura pas une autre scène comme celle-là, où tu inventes des choses qui ne sont pas vraies. - Es-tu jalouse de Julieth Harriet ? - ajouta-t-il en se tournant vers elle.

- Ne dis pas de bêtises, jalouse-moi ? si tu n'es rien de moi, c'est une chose que je sois à toi ? - exprima-t-il sans terminer sa phrase.

- Nous ferions mieux de monter, mon grand-père va être mal à l'aise.

———Secondes plus tard dans la chambre de M. Hermes———-

- N'est-ce pas mignon, ma fille, que la femme et l'ex soient dans la même pièce ? - dit-il en ricanant,

- Pourquoi dis-tu cela, grand-mère ? C'était il y a longtemps, ce n'est pas pertinent.

- C'est bon de t'avoir ici Julieth, c'est charmant de t'avoir," dit-il, "et ta Harriet vient de partir, bébé Fiorella, l'infirmière me l'a amenée, je lui ai demandé gentiment.

Elle est surprise, car elle ne savait pas que sa fille avait été avec M. Hermès.

- Je n'aurais jamais cru que vous aviez une arrière-petite-fille", commente Julieth.

Harriet la regarda un instant, craignant que sa belle-mère ne renverse sa soupe devant elle et M. Hermes et ne gâche tout. Mais la dame s'est montrée à la hauteur de la tâche.

- Tu me le diras bientôt, grand-mère", dit James en riant, "tu te mettais en colère contre moi parce que je disais ça, tu te souviens ?

- Oui, James, mais vous ne pouvez pas me comparer, à 80 ans, à l'époque où j'étais encore jeune et où je détestais sentir que je vieillissais. Aujourd'hui, au moins, je l'admets, je veux juste vivre assez longtemps pour entendre mon arrière-petite-fille m'appeler "tata" ou "abue".

Harriet et James échangent un regard, elle est touchée par ses paroles, elle se dit "si ça le rend heureux, à quoi bon mentir" James acquiesce et se penche près d'elle et lui murmure sans l'entendre - Je te l'ai dit - Je te l'ai dit.

Ils sont tous partis à la nuit tombée, James et Harriet sont restés en bas pour déguster un petit gâteau, puis sont allés dans leur chambre.

Harriet, merci beaucoup, aujourd'hui nous avons rendu grand-père heureux, as-tu entendu ce qu'il a dit et son regard de bonheur quand il a mentionné Fiorella ? il nous voit unis.

- Oui, il est heureux de penser que Fiorella est son arrière-petite-fille et qu'il l'aime beaucoup.

- Oui, c'est pourquoi je pense qu'il vaut la peine d'attendre la fin.

D'ailleurs, j'ai été surpris qu'il n'y ait pas eu de dispute avec votre grand-père aujourd'hui, enfin, si on laisse leurs commentaires de côté.

- Détendez-vous, je vois que ma mère a atténué l'intensité de ses commentaires à votre égard.

- J'ai remarqué que je ne peux pas m'attendre à ce qu'elle soit aimée non plus.

Il sourit.

- Tout le monde peut le dire, mais tu as bon goût Julieth, je dois l'admettre.

- Pourquoi dites-vous cela les mains sur la tête ? Jaloux ?

- Bien sûr que non James, je répète, Julieth, elle est trop belle, n'importe qui aimerait avoir une petite amie comme ça, as-tu même vu ton grand-père, comme il s'accorde parfaitement avec elle, toutes les familles veulent une femme comme ça pour leurs enfants. Et si tu ressens de l'amour pour elle, ce n'est pas un problème pour moi.

- Ne te chagrine pas pour des choses comme ça, les compliments que tu as entendus sont vrais, je la trouve belle, mais je ne ressens plus rien pour elle", dit-il en l'embrassant tendrement sur le côté. Et il commençait à s'enflammer.

Les jours suivants, Harriet permit à Fiorella de passer des heures chaque jour avec son "arrière-grand-père" qui lui acheta même des poupées à piles avec lesquelles elle pouvait jouer lorsqu'elle était avec lui. En outre, il lui racontait des histoires qu'elle ne comprenait pas, mais les grimaces et les mimiques de l'homme l'amusaient beaucoup.

À cette époque, Mme Sully faisait des choses qui surprenaient Harriet, comme porter sa fille en la sollicitant et ne pas faire de commentaires irritants, tout comme elle faisait sa part en ne faisant aucun commentaire sur James ou le père de Julieth, car l'intérêt qu'elle portait à sa fille était inhabituel et c'était parfait pour maintenir la fête en paix jusqu'à ce qu'il soit parti.

- Harriet, tu m'accompagnes pour acheter ce que tu as dit l'autre jour dans le journal.

- Qu'est-ce que c'est ?

- Le yacht, un gros, mais dont je peux m'occuper moi-même et qui ne nécessite personne d'autre. À une heure d'ici, quelqu'un en vend un que mon assistant a trouvé, et il est exactement comme je le veux.

Quatre semaines ont passé et James et Harriet sont restés les mêmes sur le papier, il lui a fait l'amour tous les soirs et elle est tombée encore plus amoureuse, mais il ne lui a jamais dit à l'époque qu'il était l'amour de sa vie. Fiorella a continué à vivre avec M. Marshall jusqu'au samedi 12 mai 2007, date à laquelle M. Hermes Marshall est décédé aux petites heures du matin. La veille, Fiorella avait été avec lui et l'avait beaucoup fait rire, et pendant tout ce temps, Harriet ne s'est plus jamais battue avec Sully.

James a été le premier à l'apprendre et s'est rendu dans la chambre de sa mère, au rez-de-chaussée. Harriet s'en rendit compte et cela lui brisa le cœur, elle savait ce que l'on ressentait lorsqu'on perdait quelqu'un, elle en avait déjà fait l'expérience avec sa mère.

Ce jour-là, des personnalités de toutes sortes de Seattle et des appels d'Europe et du reste du monde étaient présents. Harriet est surprise par le nombre de personnes qui connaissent M. Marshall, aussi puissant en affaires qu'il l'a été. Elle n'est pas descendue de la journée, sauf lorsque James est allé lui annoncer la nouvelle, mais elle n'a pas voulu s'imposer et a laissé les choses se dérouler, et il a accueilli les gens et le reste de sa famille. Elle ne l'a pas accompagné parce qu'il ne le lui a pas demandé et que, par respect, elle n'a pas insisté.

Après quelques heures dans l'après-midi, Harriet descendit parce qu'elle s'inquiétait pour la mère de James qui était dans sa chambre et n'avait pas mangé de la journée. Elle sonna à la porte, mais ne reçut pas de réponse, alors elle ouvrit d'elle-même ; la dame se tenait immobile, regardant le lac Smith, les yeux probablement inondés de larmes.

- Mme Marshall balbutie : "Voulez-vous manger quelque chose ?

- Non.

- Mais ce sera mauvais pour lui s'il ne le fait pas... il est déjà 17 heures et il n'a rien mangé.

-N'insistez pas.

Sully s'approcha du bord du lit, le dos tourné, - Je ne peux pas croire que mon père soit mort, même si je l'avais prévu, tant de souvenirs et d'un jour à l'autre il est parti, - dit-il, - Je n'ai pas envie de manger, je vous remercie, mais je ne le fais pas. Les derniers moments de mon père, je l'ai vu joyeux avec votre fille, je l'ai fait rire beaucoup plus que je ne l'ai vu rire ces deux dernières années.

Harriet était fière de Fiorella, - oui, ma fille est aussi très rieuse, je l'ai vu rire beaucoup ces deux dernières semaines.

- Oui, mais demain, ce sera une autre histoire", dit-elle, les larmes aux yeux.

Harriet attend en silence.

A ce moment-là, à la surprise d'Harriet, Julieth tourna la poignée de la porte et entra avec une excitation aussi fausse qu'elle.

- Ma chère belle dame, je suis vraiment désolé", dit-il en passant devant Harriet, qui se tenait immobile au milieu de la pièce. Sully fit attention à elle, se leva du lit et la serra dans ses bras. - Merci d'être venue, ma chère, vous êtes d'un grand soutien maintenant", et ils se remirent à pleurer.

- J'y vais", dit Harriet, ignorée car personne ne l'arrête. Elle remarque l'indifférence qu'elle continue de provoquer.

En partant, il a vu des gens aller et venir au loin, des gens riches pour la plupart.

À ce moment-là, elle n'a rien senti, personne ne l'a interrogée de toute la journée, pas même James, et encore moins ceux qui sont en service, mais elle a compris. "Recommencer ma réalité" - pensa-t-elle. C'était le dernier jour de l'accord depuis la mort de M. Marshall.

Elle entra dans la chambre de James et l'attendit, mais il ne se montra ni ce soir-là, ni le lendemain matin. Pour elle, le message était clair : leur arrangement avait pris fin.

Le lendemain matin, elle a fait tous ses bagages et a demandé à Michael de l'emmener à l'aéroport de Seattle, car elle allait se rendre sur son lieu de naissance.

Lorsque Michael a répondu "Pourquoi ? - qu'elle lui avait demandé de ne pas poser, il acquiesça. - A cinq heures, il y avait au fond de la salle des invités qu'Harriet ne connaissait pas, ce qui lui permettait de sortir sans avoir à dire au revoir à qui que ce soit. Elle descendit avec sa petite fille dans les bras et le chauffeur avec la valise.

- Où allez-vous ?

- Je quitte Katherine, merci de m'avoir bien traité, je me souviendrai toujours de vous.

- Quoi ? mais comment, petite fille ?

D'une voix coupée, il a dit - c'est l'heure, notre accord est terminé.

- Ce n'est pas possible, je suis vraiment désolée pour tout ça. J'espère que vous vous en remettrez. - commente la gouvernante, un peu indignée, en le serrant affectueusement dans ses bras.

A l'arrière, la mère de James l'a regardée avec joie, s'est levée et s'est approchée d'elle - "Harriet, comment peux-tu partir si vite comme ça ?

- Elle a levé les yeux - oui madame, mon travail est terminé ici, comme je vous l'avais promis....

- Eh bien, je ne sais pas quoi vous dire, la vérité c'est que votre petite fille a contribué à rendre mon père heureux ces derniers jours, et je vous en remercie vraiment. Mon fils James va bientôt se marier, il est bon que vous le sachiez.

- Ne vous inquiétez pas madame, il est évident qu'ils s'aiment, vous pouvez le faire, d'ailleurs vous savez très bien que c'était un accord, il a un vrai droit, c'est pour cela que je me suis fixé des limites pour ne pas me mettre en colère - dit-il - mais au fond de lui son cœur se mourait de douleur et son âme était brisée.

Harriet sait aussi que James, depuis la mort de son grand-père, est parti depuis deux jours et ne lui a même pas adressé la parole. Elle dit au revoir à la mère de James et sort, les larmes coulant sur ses joues.

Elle les essuie du mieux qu'elle peut en attendant dans la voiture. Michael était en train d'évoquer le reste de l'affaire.

- Au moins, nous sommes revenus à notre réalité", dit-elle à Fiorella en la serrant contre sa poitrine. Le chauffeur s'éloigna et Harriet souhaita un instant, alors que la voiture s'éloignait, voir James arriver en courant et essayer de l'arrêter, mais elle savait que ce n'était qu'un rêve. Harriet a versé des larmes pendant tout le trajet jusqu'à l'aéroport, elle aurait aimé que tout cela ne soit qu'une illusion, mais non, c'était aussi réel que l'air. Apprendre de la bouche de Mrs Marshall que James allait épouser Julieth lui brisa le cœur comme jamais auparavant, mais ce n'était pas plus que ce qu'elle méritait pour être tombée amoureuse de lui.

Dix heures plus tard, elle partait en camion pour sa ville natale, chez sa mère. Fini le luxe et les rêves, au moins avec les économies des derniers mois, dans cette ville elle pourrait vivre sans travailler pendant un an et demi avant de revenir à ce qu'elle était ; serveuse, ou travailler pour n'importe quoi, tout cela pour subvenir aux besoins de sa princesse.

Deux jours plus tard, elle se retrouve dans le village de son enfance, le cœur brisé. Au moins, elle respirait enfin la paix et la tranquillité aux abords de Houma. C'était le printemps, le paysage était beau, mais son âme se sentait vide, sans Jacques.

Une semaine plus tard, résignée à sa réalité, Harriet ne veut pas dépenser ses économies et se met à la recherche d'un emploi. En ville, elle trouve un emploi très mal payé, mais au moins elle pourra partir plus tôt pour être avec sa fille. Il s'agit d'un emploi de plongeuse et de serveuse dans un petit restaurant de fruits de mer situé près de la route.

C'est sa voisine Hellen, qui la connaît depuis son enfance, qui s'occupera de sa fille.

- Ma petite Fiorella, ce sera notre vie maintenant, maman ne te verra pas beaucoup, mais je t'aime - lui dit-elle - tu resteras avec Mme Hellen, elle est très bonne, elle s'est occupée de moi quand j'étais petite et elle a toujours été gentille avec moi, alors maman travaillera dur pour te donner le meilleur, nous n'avons pas besoin de gens frivoles, je n'ai besoin que de toi, ma petite fille.

Un après-midi, alors qu'Harriet faisait énergiquement la vaisselle, le directeur de l'établissement lui dit : "Ma fille, quelqu'un te cherche à l'extérieur. Vas-y ! Mais ne discute pas trop longtemps, tu as beaucoup de choses à faire.

- Moi ?

- Oui, qui d'autre ? C'est l'un de ceux qui s'habillent bien, alors prenez soin de lui.

En sortant, elle est intriguée par ce qu'elle voit à une vingtaine de mètres d'une table où se tient le monsieur à lunettes.

Il lui a fallu beaucoup, beaucoup de temps pour y arriver - il a dégluti et bégayé.

- Qu'est-ce que tu veux James ? Qu'est-ce que je peux faire pour toi ?

- Pourquoi êtes-vous parti ?

- Ecoutez, c'est fini entre nous, j'ai tout compris, je n'ai plus besoin de me mettre en travers, c'est ma nouvelle vie, rien n'a changé, j'ai ma place ici, et je l'aurai toujours.

- Laver la vaisselle ?

- Alors, y a-t-il quelque chose de mal à ce qu'une mère fasse la vaisselle ou nettoie les toilettes pour donner à sa fille ce qu'il y a de mieux ? Peu importe James, si tu te maries, ne viens pas m'inviter", a-t-elle dit, alors que ses larmes coulaient et qu'elle les essuyait manifestement.

Il enlève ses lunettes et la regarde.

- Ecoutez, j'ai beaucoup de travail, je commence à peine et je ne veux pas le perdre, j'ai eu du mal à le trouver, si vous venez pour une signature de divorce, allez-y, mais je n'ai pas le temps d'en faire plus. - dit-elle en se tournant vers la cuisine.

-Non.

- Ecoutez, désolé d'être impoli, mais je retourne au travail.

Chapitre 29

Il se lève et l'arrête.

- Allez, ne complique pas les choses James, donne-moi les papiers, et dis-moi où signer ou demande à tes avocats de le faire, épouse Julieth maintenant.

- Qui vous a dit cela ?

- Votre mère.

- Mais je n'ai jamais dit cela.

- Non.

- Bien sûr que non, je ne le ferais jamais et par jalousie tu es parti ? tu me l'aurais dit, j'étais tellement occupée que je n'ai même pas eu le temps de recoucher avec toi, pardonne-moi de ne pas te l'avoir dit.

Elle a baissé les yeux, soulagée - non, ce n'était pas par jalousie, je viens de revenir à ma vraie réalité, notre marché était conclu.

Cela lui brisait le cœur de la voir toute grasse, mais en même temps cela lui montrait de quoi sa femme était capable ; elle ne renonçait à rien et ne mendiait pas son argent, ce qui l'a fait tomber amoureuse de lui et il était fier d'elle.

Après quelques instants de silence, James avoue en la regardant dans les yeux.

- Je veux que tu viennes vivre avec moi, il n'y a personne à la maison, ma mère est partie, d'ailleurs je veux qu'on aille vivre à Paris, là mon grand-père a une maison sur une colline qui donne sur la mer, ce serait bien d'emmener Fiorella et de la voir grandir là-bas. Je viens de voir Mme Helen, elle m'a parlé de cet endroit, c'est pour cela que je vous ai contacté.

Elle était ravie d'entendre tout cela, jamais dans ses rêves les plus fous elle n'aurait pensé qu'il viendrait de si loin pour la chercher, et cela lui brisait le cœur, et confirmait le grand amour qu'il éprouvait pour elle.

- Mais qu'en est-il de Julieth ?

- Elle n'y reviendra plus.

- Mais notre mariage était faux.

- Faux ? il a les éléments pour dire que c'est vrai, que nous sommes mariés et que tu m'aimes.

- Sans toi et Fiorella à la maison, tout est vide Harriet, c'est ennuyeux pour moi d'aller travailler sans personne qui m'attend le soir sans m'embrasser, sans bercer le bébé, je veux que tu me reviennes - avoua-t-il avec des yeux tendres, - je veux être marié avec toi jusqu'à ce que nous soyons vieux, et voir grandir Fiorella et les autres que nous avons.

La gorge d'Harriet se noue et les larmes montent, ses entrailles fondent. Elle n'avait jamais imaginé que James avait des sentiments pour elle, et cela lui donnait envie de mourir.

- Qu'est-ce qu'il y a ? - elle se précipite vers James et l'enlace de toutes ses forces tandis qu'il la tient par la taille à quelques centimètres du sol et que la musique de fond de In the arms of the angel de Sarah Mclachlan anime l'instant.

- Je t'aime Harriet, je ne te l'ai pas vraiment dit, mais c'est vrai que tu me fais trembler, je suis tombé tellement amoureux de toi qu'il n'y a plus moyen de le cacher", dit-il en lui essuyant les yeux avec ses doigts.

- Tu aurais dû me le dire plus tôt, idiot", dit-elle en pleurant, le visage appuyé sur son épaule, et il essuie ses larmes.

- Je t'aime Harriet, je t'aime, je t'aime aussi depuis la première fois que je t'ai vue.

Puis ils se sont embrassés pendant quelques secondes.

- Il lui a pris la main et lui a demandé.

- Fiorella et toi viendrez-vous avec moi à Paris ?

Elle a levé les yeux et a dit sans réfléchir : "Bien sûr, bien sûr, avec toi jusqu'à la fin du monde". Elle l'a serré dans ses bras et l'a embrassé : "Viens, mon amour, partons d'ici", et ils ont laissé un directeur irrité et en colère, qui lui a ordonné de revenir.

Sur le chemin du retour, Harriet hurlait d'excitation, elle n'arrivait pas à croire que James l'aimait vraiment et que leur mariage serait éternel. Même si sa fille ne connaîtra jamais son vrai père, elle sait que James l'aime vraiment et qu'il lui donnera ce qu'il y a de mieux : de l'amour.

- Je vais être honnête, avant que tu ne me proposes de faire l'amour, j'ai toujours eu envie de toi, parce que tu as toujours été l'amour de ma vie", il la regarde en conduisant, lui prend la main et lui sourit, "Wow, j'ai été complètement idiot de ne jamais m'en rendre compte, j'ai toujours eu l'amour en face de moi et j'étais aveugle.

-Depuis mon enfance, lorsque nous nous sommes rencontrés en 1994, je suis tombée amoureuse de toi, mais je n'ai jamais pensé que nous nous rencontrerions à nouveau et c'était comme quelque chose d'irréel, comme si le destin nous avait réunis à nouveau. Tu ne m'as jamais remarqué, mais tu as toujours été dans mon cœur...

- Je suis désolé mon bébé, j'ai été idiot, mais maintenant tu m'as pour toujours, nous formerons une belle famille, j'y veillerai.

Ils se sont donné la main et il a conduit jusqu'à l'endroit où se trouvait Fiorella. En quittant le village, ils dirent au revoir à Hellen et avant de prendre l'avion pour Paris, il lui dit : -Ne t'inquiète pas pour ma mère, elle a sa place, je sais qu'elle aime Fiorella, elle sait déjà tout, et ce n'est qu'une question de temps avant qu'elle ne t'accepte, d'autres enfants viendront encore... elle lui sourit tandis que l'avion décollait pour Paris vers la nouvelle résidence dans laquelle ils allaient vivre pendant quelques années-.

Le couple James Marshall et Harriet Brown est décédé le 25 août 2019, ils formaient un couple heureux en permanence jusqu'à ce que la mort les emporte ensemble dans un accident d'avion. Ils ont laissé 4 filles dont Fiorella, et héritière de la fortune Marshall. Mme Sully Marshall est décédée à l'été 2016, elle a dit au revoir à sa petite-fille préférée ; Fiorella celle qui raconte cette histoire.

www.ingramcontent.com/pod-product-compliance
Lightning Source LLC
Chambersburg PA
CBHW060122120726
48003CB00009B/2748